종말주의자
고희망

종말주의자
고희망

김지숙
장편소설

㈜자음과모음

차례

내 이름은 H다. 나는 종말 기록자다.

이 기록은 종말 이후 현재까지 나에게 일어난 일들을 적은 것이다. 이 글은 아무에게 발견되지 않을 수도 있다. 그래도 쓰는 이유는, 내가 보고 겪은 것을 기록하겠다고 친구와 약속했기 때문이다.

먼저 일 년 전에 일어났던 첫 번째 종말에 대해서 써 보겠다.

그건 인구의 대부분을 날려 버린 가장 큰 종말이었다. 아무도 예상하지 못한 일이었다. 종말이 찾아왔을 때 어떤 사람들은 집에, 어떤 사람들은 마트에, 또 어떤 사람들은 길에 있었다. 거대한 폭발음도 휘몰아치는 바람도 없었다. 사람들은 일시 정지된 화면처럼 멈췄다가, 화질이 나쁜 영상처럼 흐릿해졌다가, 이내 통째로 사라졌다. 그들은 운이 좋았다. 자신이 사라지고 있다는 걸 깨달을 틈도 없이 사라졌으니까.

그때 나는 울고 있었다. 엄마 아빠한테 호되게 혼이 나던 중이었다. 내가 학교를 그만두겠다고 했기 때문이다. 내가 기억하는 마지막 장면은 분노로 일그러진 엄마의 얼굴과 나에게서 몸을 돌린 아빠의 뒷모습이다. 입 속으로 들어간 눈물이 짭짤하다고 느낀 순간, 모두가 사라졌다. 집 밖으로 뛰쳐나갔다. 어디에도 사람의 흔적을 찾을 수 없었다.

며칠은 두려워하기만 했고, 또 며칠은 슬퍼하기만 했다. 이 세상에 혼자 남았다고 생각했다. 그 와중에도 배는 고팠다. 집에 있던 음식들을 조금씩 까먹으면서 밖으로 나가지 않았다. 양념통을 핥아 먹다가 굶어 죽어야겠다고 생각했다. 거실 타일 바닥에 누워서 허기를 견뎠다. 하루하고도 반나절을 더 굶고 나니 밖으로 나갈 용기가 생겼다. 나는 종말 전에도 배고픔을 잘 못 참는 편이었고, 종말 후에도 그건 변하지 않았다. 굶어 죽는 것만 아니라면 어떻게 죽든지 상관없을 것 같았다. 조금이라도 기운이 있을 때 나가야 했다.

먹거리를 찾기 위해 동네 마트로 갔다. 채소와 고기, 생선이 놓인 코너에서는 썩은 냄새가 진동했지만, 그 외의 것들은 그대로 남아 있었다.

먹을 것을 가방에 넣고 있을 때였다. 통조림과 과자가 놓인 매대 사이에서 포스트잇이 팔랑, 흔들리며 과자봉지 위로 떨어졌다.

생존자를 찾습니다.
혼자서 두려움에 떨고 있다면 아래의 장소로 오기 바랍니다.
장소: JM 중학교 강당 J열 33번, 시간: 매일 낮 12시
(메시지를 봤다면 메모를 제거하기 바랍니다.)

집으로 돌아와 빵 세 개를 허겁지겁 뜯어먹고 나서 메모를 다시 보았다.

살아 있는 사람이 있다는 사실에 가슴이 뛰었지만, 한편으로는 무섭기도 했다. 인신매매단이나 강도들일까 봐 두려웠다.

그 뒤로 몇 번 더 같은 마트에 갔다. 포스트잇도 늘 붙어 있었다. 쪽지를 볼 때마다 사람을 만날 수 있다는 희망이 가슴에서 부풀었다. 결국, 혼자 지낸 지 육 주가 되어 가던 어느 날, 강당에 가 보기로 결심했다. 주머니칼을 챙기고, 모자를 눌러쓴 채 학교로 향했다. JM 중학교는 내가 다니던 학교였다. 잠이 들 때까지 메신저를 하거나 전화를 하던 친구들이 생각났다. 그 아이들은 살아 있을까? 종말 이후 전기가 끊기면서 일체의 통신장비가 작동하지 않았다. 휴대전화는 꺼진 지 오래였다. 강당에 들어서자 한기가 돌았다. 문득 운동회 날, 반별로 모여 앉아 경기를 지켜봤던 게 떠올랐다. 친구들이 그리워졌다. 익숙했던 공간이지만 더는 그렇지 않았다.

실내는 어두웠지만, 오래 있다 보니 어둠에 눈이 익어 앞에 있는 건 분간할 수 있었다. 열두 시가 되자, 누군가의 발걸음 소리가 들렸다. 주머니에 넣어 둔 칼을 쥐었다.

"쪽지 보고 오신 거죠?"

쾌활한 목소리였다. 마치 중고장터 거래라도 하러 나온 것 같았다.

"저는 JM 중학교 이 학년 삼 반이었던 D라고 해요. 제가 가까이 갈 테니까 무서워하지 마세요."

D라고 밝힌 남자아이가 다가왔다. 키가 나와 비슷하고 눈이 동그란 상고머리의 소년이었다. 나는 긴장이 풀려 주저앉고 말았다. 종말 이후

두 달 만에 만난 사람이었다.

1

업로드 버튼을 누르자 사이트에 글이 올라갔다. 충동적으로 시작한 소설이었다. 당장 다음 주가 기말고사인데 이걸 쓴다고 밤을 거의 새 버렸다. 원래 시험 기간에는 뭘 해도 재밌는 법이니까. 그 어느 때보다도 인류가 망해 버렸으면 하는 시기니까.

이번이 세 번째 소설이었다. 나는 딱히 인기 있는 작가는 아니다. 내가 글을 올리는 플랫폼은 로맨스 소설이 강세였다. 지구 종말을 다룬다고 해도 로맨스가 토핑처럼 뿌려져 있어야 인기를 얻을 수 있었다. 하지만 내 소설에는 로맨스는커녕 그 비슷한 것조차 없었다. 게다가 살기 위해 몸부림치던 인물들을 한 명도 남기지 않고 죽여 버렸다. 살아남는 동안 온갖 고생을 하고 몇 번의 위기를 지나서 이제야 겨우 안전해졌다고 느끼는 바로 그때, 진정한 종말을 선사하는 것이다.

내 소설의 공통점은 결말이다. 인류가 말끔히 사라진 지구에 동물이나 식물이 새로운 주인이 된다는 설정이었다. 첫 번째는 공벌레, 두 번째는 고사리가 바로 그 주인이었다.

소설이 끝난 뒤의 반응은 당연히 썩 좋지 않았다.

—완전 허무, 최악의 결말.

—지금 주인공도 죽은 거 실화? 헐.

하지만 나는 이번에도 결말을 바꿀 생각이 없다. 애초에 주인 공만 멀쩡하게 살아남는다는 게 가당키나 한가. 무슨 어벤저스도 아니고.

노트북을 끄고 누웠는데 밖에서 소리가 났다. 조용한 새벽 시간에 나는 소리는 생각보다 더 잘 들렸다. 게다가 나는 귀가 예민한 편이다. 소리는 주방 쪽에서 났다. 부스럭거리는 소리, 컵에 물을 따르는 소리, 그리고 작은 한숨 소리. 곧 한숨은 조용한 울음소리로 변했다. 흑흑, 흐흐흑. 엄마가 울고 있었다. 부스럭거리는 소리는 아마 약봉지를 뜯는 소리일 것이다.

무시하고 싶은 마음과는 달리 온 신경을 밖에서 나는 소리에 집중했다. 이윽고 작게 팽, 코를 푸는 소리가 들리더니 엄마가 방으로 들어갔다. 불을 껐지만 잠이 오지 않았다. 엄마의 울음소리를 지우고 싶어서 소설 생각을 하려고 애썼다.

이번에는 어떻게 처참히 지구를 망하게 할지 떠올려야 했다. 거대한 망치가 하늘에서 쏟아지는 바람에 사람들의 머리가 으깨지는 상상을 하며 잠에 들었다.

2

—idolcare : 삭님, 새 소설 기대합니다.

—storyking : 시작부터 개우울. 이번에도 다 죽여 버릴 예정?

　일어났을 때는 벌써 열 시였다. 집에는 아무도 없었다. 식탁에 놓인 빵을 빵칼로 자르다가 손을 베였다. 손가락에 맺힌 핏방울을 빨며 어제 올린 소설 반응을 보았다. 하트는 열 개가 찍혀 있었다. 이유는 모르겠지만 첫 소설부터 꾸준히 읽어 주는 사람들도 한 줌 정도는 있었다. 나는 그들을 '한줌단'이라고 불렀다.

　댓글은 두 개가 달렸다. 하나는 지수였다. 지수는 내가 취미로 소설을 쓰는 걸 알고 있는 유일한 친구다. 글을 올리는 플랫폼도 지수가 알려 준 거였다.

　두 번째 댓글을 보고는 픽 웃었다. 내가 주인공들을 가차 없이 죽인다는 걸 알고 있는 모양이다.

　지수한테 메시지를 보냈다.

　너 오늘 어디서 공부할 거야?

　학원 자습실 갈래? 오늘 문 연대.

　콜!

대충 가방을 챙겨서 내려갔다. 우리 집은 엘리베이터가 없는 사 층짜리 건물의 꼭대기 층에 있었다. 심호흡을 한 번 하고 빠른 속 도로 계단을 내려가기 시작했다. 스텝이 꼬이지 않고 단숨에 내려 가는 게 좋았다. 그러려면 층계참에서 흐름을 맞추는 게 관건이 었다.

삼 층을 지나고 있을 때 '희망아!' 하고 부르는 소리에 흐름이 깨 졌다. 잠시 인상을 찌푸렸지만 날 부른 게 요한 삼촌이라는 걸 깨 닫고 인상이 펴졌다. 삼 층에서 살고 있는 삼촌이 집에서 나오는 중이었다. 면바지와 단정한 체크무늬 남방을 입은 삼촌은 대학생 처럼 보였다. 평소처럼 머리에 왁스를 바른 정장 차림도 좋지만, 이렇게 편한 모습이 더 좋았다. 삼촌은 우리 아빠랑 무려 열다섯 살이나 차이 나는 막둥이 동생이다. 우리 아빠는 탈모가 진행 중 인 사십 대 중반의 아저씨인데, 이제 막 서른이 된 삼촌과 형제라 는 게 때로는 믿기지 않았다.

"오, 삼촌 소개팅?"

"아니야, 출근!"

"삼촌네 회사는 왜 매번 주말에도 일해?"

"그러니까 말이다. 희망이 넌 나중에 회사원은 하지 마라."

삼촌은 어깨를 축 늘어뜨리며 처량한 표정을 지었다. 주말에 일하러 가는 삼촌이 불쌍하기는 했지만 멋져 보이는 것도 사실이 었다. 삼촌은 공부를 잘해서 우리나라에서 가장 들어가기 힘들다는 대학에 들어갔고, 우리나라에서 돈을 제일 많이 준다는 회사에도 들어갔다. 게다가 근사한 눈웃음을 가지고 있고, 목소리도 듣기 좋고, 누구에게나 친절했다. 한마디로 집안에 한 명 있을까 말까 한 스타 같은 존재였다.

삼촌과 나는 일 층에 있는 '나주 국밥'으로 들어갔다. 점심시간 전인데도 테이블이 가득 차 있었다. 엄마는 서빙을 하고 있었다. 나는 흘긋 엄마의 얼굴을 보았지만, 간밤에 울었던 흔적은 이미 지워지고 없었다. 주방에서는 할머니와 아빠가 분주히 움직이고 있었다. 육수에서 올라오는 김 때문에 둘의 얼굴이 번들거렸다.

나주 국밥은 할머니가 인생을 바친 공간이다. 모든 게 낡고 촌스럽지만, 그래서 전통이 있는 가게처럼 보이기도 했다. 실제로 나주 국밥은 이 골목에서 가장 오래된 가게였다. 여기 국밥을 먹으러 먼 곳에서 오는 사람들도 있었다. 덕분에 할머니는 할아버지 없이 아빠와 삼촌을 키워 내고 가게가 있는 건물까지 사들여서 '요한 빌딩'이라고 이름을 지을 수 있었다. 동네 사람들은 할머니가 대단한 사람이라고 말했다. 내가 생각해도 할머니는 대단했다. 아직도 한결같이 새벽에 일어나서 재료 손질을 하고, 배추와 무가 잔뜩 든 상자를 거뜬히 들고는 했으니까.

"친구랑 공부하고 올게요!"

나는 주방에 대고 외쳤다. 할머니가 고개를 들었다.

"희망이 밥은 먹었냐?"

"친구랑 먹을 거예요."

엄마가 내 쪽으로 와서 말했다.

"너무 늦지 마. 이어폰 끼고 걷지 말고, 차 조심하고."

엄마는 내가 걸으면서 음악을 듣는 걸 끔찍하게 싫어한다. 귀도 상하고 위험 상황에 대처할 수 없다는 이유에서였다. 물론 그 외에도 싫어하는 건 많았다. 큰길을 두고 골목길로 다니는 것, 자전거를 타는 것, 방학 때 수영을 배우려는 것도 싫어했다. 잔소리에 반항하는 의미로 나는 고개만 끄덕였다.

"고희망, 대답 제대로 해."

"제가 차로 데려다줄게요. 걱정하지 마세요, 형수님."

삼촌이 나 대신 엄마의 꾸중에 대답했다.

차가 출발하자 납작한 고딕체로 쓰인 '나주 국밥' 간판이 점점 작아졌다. 열 살 때 처음 여기로 이사 왔을 때는 서울인데 왜 이름에 나주가 있나 했다. 그렇게 치면 요즘 거리에는 세계를 모아 놓은 것 같았다. '보스턴 햄버거' '인도 델리' 심지어 '뉴욕 김치찌개'도 있었다. 주인 아저씨에게 물어보니 김치찌개에 버터를 넣어서 그렇게 지은 거라고 했다.

모퉁이 건물 이 층에 있던 커피숍이 간판을 내리고 있는 게 보였다. 내가 중얼거렸다.

"저기 없어지나 보네."

"그러게. 일 년도 안 된 것 같은데."

가게들이 점점 빨리 바뀌는 것 같았다. 이 골목에 나주 국밥만큼 오래된 가게는 '고을 불고기'밖에 없었다. 삼촌이 물었다.

"오늘 도하랑 공부하는 거야?"

도하는 고을 불고기집 아이였다. 이 식당 골목에서 유일하게 나와 동갑이어서 어릴 때부터 지겹도록 붙어서 놀았다. 작년까진 시험 기간이 되면 둘 중 하나의 집에서 공부할 때가 많았다.

"몰라. 요새 잘 안 만나."

"왜? 맨날 같이 다니더니. 요새는 못 본 지 꽤 된 거 같다?"

나는 입을 다물었다. 삼촌에게 도하와의 일을 얘기해 볼까 싶었지만, 아무리 삼촌이라도 입이 떨어지지가 않았다.

지난 화이트데이 때 도하가 초콜릿을 주면서 나에게 고백했고, 나는 제대로 거절하지도 않은 채 도하를 피했다. 그것 때문에 우리 사이가 아직 어색하다는 얘기는 절대 꺼낼 수 없었다.

"손은 왜 다쳤어?"

밴드가 붙은 내 손가락을 보고 삼촌이 말했다.

"빵칼에 베였어."

"소독 잘 해야 해. 상처는 크기가 중요한 게 아니야."

오늘은 삼촌까지 잔소리를 했다. 나는 말을 돌리고 싶을 때 쓰는 비장의 카드를 꺼냈다.

"지금 그게 문제가 아니야. 삼촌은 왜 연애도 안 하고 일만 하는 거야? 할머니가 삼촌 장가 안 갈까 봐 걱정하셔."

할머니의 완벽한 아들인 삼촌에게 딱 하나 아쉬운 게 있다면, 도무지 연애를 안 한다는 사실이었다. 삼촌은 어깨를 으쓱했다.

"삼촌이 바빠서 연애할 시간이 없네. 희망이랑도 데이트하고 싶은데, 바빠서 어떡하지?"

"미안한데 삼촌, 나도 바빠."

삼촌이 으, 하, 하, 하, 하고 소리를 끊어서 웃었다. 삼촌 특유의 웃음소리였다.

"그래도 시험 끝나면 삼촌이랑 데이트 한 번 해 주라."

"으이그, 삼촌. 데이트는 나랑 할 게 아니라 여자 친구랑 하라니까."

할머니의 말투를 흉내 내며 삼촌을 짐짓 꾸짖었다. 옥신각신하는 사이에 학원 앞에 도착했다.

"우리 희망이, 삼촌이 용돈 준 지 오래됐지."

삼촌이 가방 앞주머니에 돈을 쏙 집어넣었다. 나는 쏜살같이 돈을 도로 빼서 앞 좌석 서랍에 넣어 버렸다.

"돈 모아서 장가나 가."

나는 할머니처럼 말했다.

"삼촌이 주고 싶다는데 왜 그래. 삼촌이 너 용돈 주려고 돈 버는 거야."

삼촌은 지지 않고 다시 지폐를 꺼내서 내밀었다. 국밥집에서 서로 돈을 내겠다고 싸우는 어르신들처럼 실랑이하다가 내가 슬쩍 포기했다.

"뭐, 삼촌이 일하는 보람을 뺏을 순 없지."

"그럼, 그럼. 알지? 넌 삼촌의 희망이잖아."

삼촌은 늘 나를 자신의 희망이라고 불렀다. 내가 인류가 멸종하는 소설을 쓰고 있다는 건 꿈에도 모를 것이다.

3

학원 자습실은 쾌적했다. 독서실처럼 일인용 책상이 놓여 있어서 집중도 잘됐다. 지수는 자리에 앉자마자 아이돌 멤버들의 사진을 벽에 붙였다. 그래야 공부할 마음이 조금이라도 생긴다고 했다. 성적이 오르면 엄마가 원하는 굿즈를 사 주기로 했다며 열의를 불태웠다.

지수와 나는 올해 같은 반이 되어 급속도로 친해졌다. 이인 일조로 하는 숙제에서 같은 조가 된 게 시작이었다. 선생님은 아이들에게 취미를 써서 내라고 했다. 그걸 바탕으로 짝을 정해 준다고 했다. 나중에 보니까 나는 글쓰기, 지수는 아이돌 완전 정복이라고 썼는데 도대체 무슨 관련인지 알 수가 없었다. 그냥 머리 아파서 대충 제비뽑기를 한 게 아닐까 추측했다.

지수는 첫인상부터 강렬했다. 흰 운동화를 신고 있었는데, 뒤축에 'NIKE'라고 적혀 있었다. 글자 끝이 번져 있고, 양쪽 글씨 모양이 미묘하게 다른 것으로 봐서는 네임펜으로 쓴 게 분명했다.

그걸 발견한 한 아이가 "야, 너 이거 뭐야! 네가 쓴 거 아냐?" 하고 깔깔댔다. 그때 지수의 대처가 인상적이었다. 지수는 한껏 여유로운 미소를 지으며 약간 귀찮다는 듯이 말했다.

"아, 이거 어떤 디자이너가 커스텀 한 거야. 커스터마이즈, 한정판인 셈이지."

자연스럽고 당당한 태도에 애들은 미심쩍다는 얼굴로 지나가고 말았다. 풋, 웃음이 나오려는 걸 가까스로 참았다. 그때 처음으로 어쩐지 얘랑 친해질 것 같다는 생각이 들었다.

공부를 시작한 지 삼십 분쯤 되었을 때, 갑자기 내 자리로 메모지가 툭, 날아왔다.

하기 싫어 미치겠다.

그러고 보니 나도 먹은 게 없어서 배가 고픈 것 같았다.

뭐 먹고 올래?

쪽지를 확인한 지수는 손가락으로 오케이 사인을 만들어 보였다. 지갑을 꺼내려고 가방을 뒤적이는데 오만 원이 툭 떨어졌다.

"웬 신사임당?"

지수가 호들갑을 떨었다. 나는 삼촌, 하고 간단히 대답했다.

"오, 그 잘생긴 삼촌?"

지수는 삼촌이 자기가 좋아하는 아이돌 그룹의 메인 래퍼를 닮았다고 말하고는 했다. 지수로서는 엄청난 칭찬이었겠지만, 난 삼촌이 그보다 낫다고 생각했다.

지수랑 뭘 먹을지 이야기하면서 복도를 걸어가는데 익숙한 얼굴이 스쳐 지나갔다. 작년에 같은 반이었던 아이인데, 어색하게 눈만 맞추다가 인사할 타이밍을 놓치고 말았다. '선인경'이라는 이름 때문에 줄곧 별명이 선인장이었던 아이였다.

"방금 쟤, 너 보는 것 같았는데?"

지수의 말에 나는 고개를 끄덕였다.

"응. 작년에 같은 반이었어."

"별로 안 친했나 보지?"

지수의 질문에 선뜻 대답을 못 했다. 친하다는 기준은 뭘까? 방금 마주친 아이와 지난 일 년 동안 같이 밥을 먹었다. 그 애랑만 어울렸던 건 아니고 몇 명이 더 있었다. 나랑 비슷한 애들, 그러니까 성적은 상위권을 유지하면서 딱히 튀지 않는 모범생으로 분류

되는 애들과 같이 지냈다. 필요에 따라서 같은 조가 되기도 했고, 현장체험을 가서도 같이 다녔다. 하지만 반이 달라지자마자 멀어지고 말았다. 당장 방금 지나친 아이만 봐도 그랬다. 그 애가 뭘 좋아했고 어떤 성격이었는지 생각나는 게 없었다.

그에 비해 지수는 내 생활에 훅 들어와서 요란하게 나를 흔들었다. 소설을 써 보고 싶다고 하자 글을 올리는 플랫폼을 알려 주었고, 글이 올라오면 꽤 날카롭게 비평했다. 평범한 나를 흥미진진한 영화 보듯이 봤다. 그런 지수야말로 선명한 색깔을 가진 아이였다. 인기 없는 아이돌을 온 마음을 다해 응원하고, 흰 운동화에 네임펜으로 브랜드를 적어 넣는 지수. 가끔은 도망가고 싶어질 정도로 에너지가 넘쳤지만, 그래도 지수와는 친한 친구라고 확실하게 말할 수 있었다.

우리는 쫄면과 떡볶이, 튀김을 먹고 카페에 갔다. 내가 케이크를 샀다. 치즈 케이크와 초코 케이크를 고민하다가 두 개 다 사 버렸다. 남을 건 걱정할 필요가 없었다. 지수와 나는 아무리 먹어도 배가 금방 꺼지는 성장기 청소년이었다. 열다섯 살이 되고 나서 잰 내 키는 백육십육 센티미터다. 지수는 지금처럼 먹어 대면 백칠십 센티미터도 넘을 거라고 말하고는 했다.

카페는 우리가 다니는 학원 근처에 있어서 자주 찾는 곳이었다. 손님이 별로 없어 오래 있어도 눈치가 보이지 않아 좋았다. 항상

사장은 없고 알바생은 자주 바뀌었는데, 하나같이 음료를 만들어 준 뒤로는 핸드폰만 보고 있었다. 게다가 음료는 맛이 그저 그랬 다. 과일주스는 시럽 맛이 많이 났고, 커피 종류는 늘 탄 맛이 느 껴졌다.

지수는 딸기 스무디를, 나는 버블 밀크티를 시켰다.

"버블티는 텀블러에 담아 주세요. 빨대는 안 주셔도 되고요."

나는 챙겨온 텀블러를 내밀었다. 나는 텀블러를 들고 다니는 습 관이 있다. 얼마 전부터는 일회용 빨대도 쓰지 않고 있다. 티브이 에서 빨대에 목이 막혀 죽은 새의 사진을 보고 난 다음부터였다. 문제는 내가 버블티를 좋아한다는 거였다. 대왕 빨대로 타피오카 펄을 빨아 먹는 재미를 포기해야 한다니, 그건 좀 아쉬웠다.

지수가 갑자기 으흐흐, 하고 음산하게 웃었다.

"왜 웃어. 무슨 상상하는 거야."

"널 고문하는 상상. 빨대가 아니면 물을 못 마시는 그런 상상을 했지. 너는 고통에 몸부림치겠지."

"변태냐."

"근데 그 텀블러는 대체 뭐냐?"

지수가 텀블러를 가리키며 말했다. 텀블러에는 궁서체로 '한성 족발'이라고 쓰여 있다. 아마 다른 가게에서 개업 선물로 돌린 모 양이다.

"궁서체만 아니었어도 내가 말 안 하겠는데, 텀블러 하나 사 줘?"

"쓰는 데 전혀 문제없거든?"

텀블러를 들고 다니는 목적이 애초에 쓰레기를 줄이는 건데, 텀블러를 종류별로 모으고 싶은 생각은 티끌만큼도 없었다.

바닥에 깔린 타피오카 펄을 먹으려고 애쓰는 나를 보며 지수가 말을 이었다.

"종말을 바라는 애치고는 참 환경에 관심이 많단 말이야."

"넌 나한테 참 관심이 많단 말이야."

"내가 원래 취향이 좀 마이너하잖아. 종말주의자인 동시에 환경주의자라. 진짜 희귀템이라니까."

고작 빨대 안 쓰고 텀블러 챙기는 것으로 환경주의자라고 부르다니, 과하다고 생각했다. 나는 그저 빨대를 입에 대고 있으면, 자꾸 죽은 새 사진이 떠올라서 음료의 맛을 느낄 수 없을 뿐이다. 돼지가 도축 당하는 장면을 보고 몸이 고기를 거부해서 채식주의자가 된 사람도 있다고 하던데, 나도 그저 음료를 편안하게 먹고 싶을 뿐이었다. 지수가 물었다.

"근데 너, 종말이 올 건데 공부는 뭣하러 하냐?"

"종말이 당장 내일 오는 건 아니니까."

"하여튼 희귀템이야."

지수가 고개를 절레절레 흔들었다.

우리는 학원으로 돌아와서 예의상 들고 온 프린트물을 보는 척만 하다가 곧 각자 딴짓에 몰입했다.

유튜브로 이런저런 영상을 넘기다 보니까 버려진 동물을 구조하는 영상에 도착해 있었다. 목줄이 묶인 채 산속에 버려진 강아지나 비닐에 싸여 버려진 고양이가 극적으로 구조되는 영상들이었다. 얼마 남지 않은 인류애마저도 사라지는 느낌이었다. 이번 소설은 인류가 멸망한 뒤 인간에게 버림받은 강아지와 고양이가 지배하는 세상을 만들어 볼까 싶었다.

지수의 입가에 미소가 드리우나 싶더니, 지수는 곧 몸을 파들파들 떨면서 혼자서 꺅꺅 소리를 질렀다. 아이돌 영상을 보는 게 틀림없었다. 나는 잔잔한 눈으로 지수의 쇼를 구경하다가 한마디 했다.

"그렇게 좋냐?"

지수는 망해 가는 아이돌의 신봉자였다. 존재감 없는 중소기획사 출신의 아이돌에 심취해 있었다. 한때는 나를 그들의 팬으로 만들려고 갖은 애를 썼지만, 턱도 없는 시도였다.

지수는 이어폰을 빼고는 나한테 얼굴을 들이밀면서 말했다.

"얘네 조만간 뜰 거야. 내가 보는 눈이 있거든. 근데 너야말로 그렇게 좋냐?"

나는 핸드폰에서 눈을 떼지 않고 말했다.

"뭐가?"

"이도하 말이야."

"무슨 소리야."

"네 소설에 나오는 D 말이야, 이도하 맞지?"

"그런 걸 억측이라고 하지."

"아니, 합리적 의심이라 할걸? 묘사가 완전 이도하던데 뭘. 솔직히 너희 둘 뭐 있지?"

"있긴 뭐가 있어."

허를 찔린 기분이었다. 지수가 중요한 친구이기는 하지만, 시시콜콜하게 내 이야기를 털어놓는 편은 아니었다. 도하 생각만 하면 머리가 복잡해지는데 더 복잡하게 만들고 싶지 않았다.

잠깐의 휴식이 끝나고 아홉 시까지 공부가 이어졌다. 시험 범위를 생각하니까 마음이 다급해졌다. 화장실 가는 걸 제외하고는 웬만하면 일어나지도 않고 책을 봤다. 지수는 일곱 시쯤 허리가 아프다며 먼저 가 버렸다. 몇 번을 훑었지만 완벽하다는 느낌이 들지 않았다. 그래도 열 시까지는 집에 도착해야 엄마가 안심할 테니 일어나기로 했다. 시험은 화요일부터 시작이었고, 내일 선생님들이 자습시간을 줄 테니까 그때를 잘 활용하면 되었다.

버스는 나주 국밥 코앞에서 정차했다. 하지만 하루 종일 앉아 있어서 그런지 걷고 싶어졌다. 귀에 이어폰을 꽂고 집을 지나쳐 걷기 시작했다. 초여름이지만 아직까지 저녁은 시원했다. 도하네 가게 앞을 지나면서 흘끔 가게 안을 보았다. 유리창 안으로 분주히 움직이는 도하 엄마가 보였다. 도하는 없는 것 같았다.

큰길에서 안쪽으로 접어들어 좁고 구불구불한 골목길을 걷기 시작했다. 으슥하고 위험해 보일 수도 있지만, 나에게는 안전하게 느껴지는 공간이다. 엄마는 교통사고도 그렇고 범죄 위험도 있으니 여기 싹 다 밀어 버렸으면 좋겠다고 말하지만, 그렇게 되면 나는 일인 시위라도 할 생각이다. 이 골목길은 내가 이 동네에서 가장 좋아하는 곳이었고, 골목길을 걸으면서 이런저런 생각에 빠지는 건 하루를 마무리하는 나만의 습관이기 때문이다.

오 년 전, 우리 가족이 이사를 오게 된 건 사고 때문이었다. 그즈음 동생 소망이가 교통사고로 죽었다. 집 근처 도로를 건너다가 트럭에 치였다. 사고가 난 뒤 할머니는 우리 가족에게 서울로 오라고 했다. 다시 정신을 차리고 살아가려면 가게에 와서 육수를 내고 재료를 다듬고 숟가락 젓가락 포장하는 일을 하라며 엄마 아빠를 다그쳤다. 엄마 아빠는 회사를 그만두고 이사를 했다. 아주 오래된 기억 같기도, 얼마 안 된 기억 같기도 하다.

처음에는 나도 골목길이 무서웠다. 이전에 살던 곳은 서울 외곽의 신도시여서 이런 구불구불한 골목길은 찾아보기 힘들었다. 좁고 더러운 골목길은 내가 생각한 서울의 모습이 아니었다. 이사 온 지 얼마 안 되었을 때, 골목길을 걷다가 길을 잃은 적이 있었다. 아무리 헤매도 집이 보이지 않았고, 오래된 주택가는 다 비슷해 보였다. 막막하고 다리도 아파서 모르는 집 대문에 앉아 울고 있을 때였다.

"너 왜 울어? 길 잃었어?"

어떤 남자아이가 호기심인지 걱정인지 모를 감정이 담긴 동그란 눈으로 나를 보고 있었다. 그 아이가 바로 도하였다. 도하는 나를 나주 국밥으로 데려다주었다. 그토록 헤맸는데, 순식간에 나주 국밥이 나타났다. 마법 같다고, 열 살의 나는 생각했다.

이제 골목길은 익숙한 산책로가 되었다. 노란 불빛을 받으며 이런저런 생각을 하면서 걷는 게 좋았다. 걷다 보면 하루 동안 느낀 초조함이 모두 몸 밖으로 빠져나가는 느낌이 들었다. 늦어지면 엄마가 불안해할 거란 생각이 들었지만, 걷는 걸 멈출 수 없었다.

걸으면서 소설에 대해서 생각했다. H와 D가 어디로 향하게 될지 생각해 보았다. 그 둘이 어떤 관계가 될지도 고민했다. 두 사람이 절대 사귀지는 않겠지만, 서로를 소중히 여기는 관계로 만들고는 싶었다. 일종의 소울메이트랄까.

문득 도하의 얼굴이 떠올랐다. 도하가 고백을 한 이후, 도하에 대한 생각이 수시로 떠올랐다. 도하가 화이트데이라며 선물을 줬을 때도 그걸 우정으로만 생각했다. 떨리는 목소리로 나와 사귀고 싶다고 할 줄은 상상도 못 했다. 내가 뭐라고 했더라.

"야, 무슨 개소리야!"

그렇게 말했다. 말도 안 된다는 듯이 웃어 버렸다. 그리고 상자를 들고 집으로 뛰어가 버렸다. 그 뒤로 도하와는 한 번도 마주치지 않았다. 벌써 이 주가 다 되어 가는데…… 도하의 고백은 전혀 반갑거나 설레는 일이 아니었다. 나는 도하가 원망스러웠다. 고백하기 전까지 우리는 잘 지냈는데 이제는 어색해졌기 때문이다.

나는 도하 생각을 떨치려고 고개를 흔들었다. 그러자 이번에는 엄마의 울음소리가 생각났다. 소리 죽여 우느라 잔뜩 짓눌려 있던 울음소리가 귓가에 들리는 것 같았다. 그것 역시 고개를 세차게 흔들어 떨쳐 버렸다.

코너를 도는데 담벼락에서 바스락거리는 소리가 들렸다. 이 시간에 골목길에서 나는 소리는 두 가지 경우였다. 하나는 고양이, 다른 하나는 연인들이다. 골목길 산책을 하면서 한 가지 난감한 점은 심심찮게 누군가의 애정행각을 목격하게 된다는 점이다. 키스하고 싶은 연인들은 죄다 골목길로 숨어드는 모양이었다. 그럴 때는 엿볼 의도가 없음을 알리기 위해 시선을 주지 않고 빠른 걸음으로 지나치는 게 상책이었다.

코너를 돌자 두 사람이 딱 붙어 서 있는 게 보였다. 얼굴이 맞닿아 있는 것으로 보아 연인임이 분명했다. 이번에도 조용히 지나가려고 했다. 그런데 한 번 더 눈길이 간 이유는 묘한 실루엣 때문이었다. 슬쩍 봐도 덩치가 비슷한 두 사람이 엉켜 있었다. 술 취한 남자들인가, 싶을 때 담벼락에 기대어 있는 사람과 눈이 마주쳤다. 쌍꺼풀 없는 긴 눈, 내가 늘 부러워하던 높은 콧대, 아침에 본 체크무늬 남방까지. 분명 요한 삼촌이었다.

삼촌과 눈이 마주쳤다. 나를 알아본 듯 눈이 커진 삼촌을 뒤로 하고 전속력으로 집을 향해 뛰었다. 도착해서는 가방을 집어 던지고 옷을 재빨리 잠옷으로 갈아입은 다음, 이불을 머리끝까지 뒤집어쓰고 누웠다. 혹시나 삼촌이 날 쫓아올지도 모른다고 생각했다. 그러면 잠든 척 연기를 하려고 했다. 하지만 아무 일도 일어나지 않았다.

나는 D라는 아이를 따라 걸었다. 같은 학교 학생이라니까 조금 마음이 놓였다. 하지만 좁은 골목길로 접어들자 두려움이 엄습했다. D가 나를 인신매매단에 넘길지도 모른다는 불안이 밀려왔다. 주머니칼을 계속 만지작거렸다. 마치 내 생각을 읽은 듯 D가 부지런히 말을 붙였다.

"지금 로열 팰리스로 가는 거야. 거기에 사람들이 모여 있어."

로열 팰리스라면 우리 동네에서 가장 높고 비싼 아파트였다.

"사람들이 얼마나 있는데?"

"이제 너까지 열 명이야."

"어른도 있어?"

"어른은 없어. 우리가 가장 나이가 많고, 다 우리보다 어려. 제일 어린 아이가 열세 살이야."

"전부 다 나처럼 쪽지를 보고 찾아왔어?"

"그런 아이도 있고 길에서 만난 아이도 있어."

친구들과 자주 놀았던 쇼핑몰과 공원, 내가 다니는 학원을 지나쳤다.

얼마 전에 친구와 사진을 찍었던 셀프 사진관도 보였다. 거의 매일 가던 분식집과 과일주스 가게도 그대로 있었다. 아직도 거기서 먹던 수박 주스 맛이 기억나는데, 처음 보는 것처럼 낯설었다. 사람들이 사라진 지 오백 년 정도 지난 것처럼 느껴졌다. 온 세상에 먼지가 자욱한 느낌이었다.

"우리는 여기를 홈이라고 불러. 원래는 하우스라고 한동안 불렀는데, 내가 홈으로 바꾸자고 했어. 이제 우리는 가족이니까."

로열 팰리스가 보일 때 즈음 D가 긴장한 내 얼굴을 보면서 말했다. D를 따라 올라갔다. 계단을 오르며 D가 나를 무서운 사람들에게 팔아넘기는 상상을 했다. 하지만 도망가지 않고 결국 칠 층에 도착했다.

"홈에 온 걸 환영해."

D가 703호의 문을 열어젖혔다.

"다들 모여 봐! 새로운 친구 왔어."

이 방 저 방에서 아이들이 뛰어나왔다. 한 여자아이가 나를 안아 주며 여기까지 오느라 고생했어, 하고 이야기했다. 그제야 스르르 긴장이 풀리며 그 아이의 품에 쓰러지듯 안겼다. 이곳이 나의 '홈'이 된 순간이었다.

"새로운 손님 왔으니까 라면 먹을까?"

D가 말했다. 다들 분주히 움직여서 가스버너로 라면을 끓였다. 김치도 있었다. 나는 인사도 제대로 못 한 채 라면을 먹기 시작했다. 그때 먹은 라면의 맛은 잊을 수가 없다. 나는 그제야 종말이 시작되고 따뜻한 음식을 한 번도 먹지 못했다는 걸 깨달았다. 사람들과 모여 익숙한 맛이 나는 음식을 먹고 있으니 새로운 가족이 생긴 것만 같았다.

아이들은 각자 홈에 오게 된 이야기들을 해 주었다. D의 말대로 나처럼 쪽지를 보고 온 아이도 있고, 길에서 우연히 만난 아이도 있었다. 나를 안아 주었던 J라는 여자아이는 매일 높은 빌딩에 올라가서 소리를 질렀다고 한다. 그 소리를 들은 D가 J를 찾아냈다.

종말을 목격한 순간도 모두 달랐다. 친구들과 있거나 혼자 있다가, 달리기하다가, 노래방에서 노래를 부르다가, 친구와 싸우다가, 모두 다른 상황에서 종말을 맞았다.

D는 나에게 노트를 한 권 내밀었다.

"한번 읽어 봐. 종말에 대해서, 그리고 홈에 대해서 우리가 아는 걸 모두 적어 놨어. 우리는 기록이 중요하다고 생각하거든."

종이에는 이곳에서의 규칙과 규칙이 정해지기까지의 과정이 적혀 있었다. 종말에 대한 내용도 적혀 있었다.

① 생존자는 모두 13~16세이다.

② 사람들이 사라질 때, 내 몸은 움직일 수 있다.

③ 사라지고 있는 사람들은 만지거나 이동시킬 수 없다. 그저 바라볼 수 있을 뿐이다.

④ 살아남은 사람은 소수이다. 종말 2개월이 지난 현재, 이 근처에서 발견된 생존자는 (홈에 거주하는 아이들 포함) 총 10명이다.

나는 D에게 물었다.

"여기는 누구네 집이야?"

"맨 처음 홈에 있었던 아이의 집이야."

"그 아이도 지금 홈에 있어?"

이번에는 J가 대답했다.

"죽었어. 아픈 애였거든. 그 애한테 필요한 약을 구하지 못했어. 그 애가 자기 집에서 죽고 싶다고 해서, 그래서 여기서 살게 된 거야."

예전에 살았던 집이 떠올랐다. 엄마가 늘 이사 가고 싶다고 했던 낡은 복도식 아파트는 엘리베이터가 자주 고장 나고, 여름에는 한 달씩 따뜻한 물이 나오지 않았다. 복도에는 항상 누군가 담배를 피우고 있었다. 거기서 살 때는 지긋지긋하다고 생각했는데, 지금만큼은 내가 살던 집이 그리웠다. 침대에 누우면 천장 가장자리에 보이던 곰팡이 자국이 떠올랐다. 다시는 그 집으로 돌아갈 수 없었다.

4

다음 날, 눈을 뜨자마자 어제 본 삼촌의 모습이 떠올랐다. 내가 본 게 맞는지 믿어지지 않았다. 계단을 내려갈 때 삼촌과 마주칠까 봐 가슴이 두근거렸지만 그런 일은 없었다.

학교에 가서도 삼촌 생각이 났다. 어쩌면 내가 잘못 본 걸 수도 있다. 가끔 밤거리는 놀랍도록 사람을 달리 보이게 만드니까 말이다. 하지만 삼촌 얼굴을 내가 착각할 리 없다는 생각도 들었다. 게다가 삼촌도 나를 알아본 것 같았다. 분명 당황해 커다래진 두 눈은 삼촌의 것이었다.

삼촌이 남자와 키스하는 걸 본 것도 충격이었지만, 누군가와 키스했다는 사실 자체도 놀라웠다. 내가 아는 한 삼촌은 단 한 번도 연애를 한 적이 없었고 관심도 없어 보였기 때문이다. 그래서 삼촌은 그런 사람이라고만 생각했다.

"오늘 왜 이렇게 멍 때려?"

학교에서도 학원 자습실에서도 나를 부르는 지수의 말을 몇 번이나 놓쳤다. 지수에게 털어놓고 싶지만, 누구에게도 얘기하면 안 된다는 것쯤은 알고 있었다.

공부를 하다가도 문득문득 삼촌 생각이 났다. 몰래 '게이'나 '가족 게이' 같은 단어를 검색해 보기도 했다.

검색어와 관련된 지식인 질문 몇 개를 클릭했다.

Q. 동성애는 죄악인가요? 교회 다니는 친구가 동성애 하면 지옥 간다고 해서요.

―아직도 이런 질문을 하는 사람이 있다니 어이가 없네요. 당연히 죄악이 아닙니다.

―네, 동성애는 죄악입니다. 성경에서는 동성애를 금해야 한다고 가

르치고 있습니다.

　—남성과 여성이 사랑하는 것이 자연스럽고 신이 정해 준 원칙입니다. 아담과 이브 몰라요?

　처음 서울에 올라왔을 때, 무조건 교회에 다녀야 한다는 할머니 때문에 몇 달 동안 억지로 다닌 적이 있다. 가족 모두에게 종교를 전파하는 게 할머니의 꿈이었다. 우리 집은 '교회파'와 '안교회파'로 나뉘는데, 나는 중학생이 된 후로 필사적으로 피해다녀서 '안교회파'가 되었다. 일요일에 일찍 일어나는 게 끔찍하게 싫었다.

　그에 비해 삼촌은 '교회파'였다. 아주 어렸을 때부터, 할머니의 배 속에 있을 때부터 교회에 다녔다. 오죽하면 이름이 예수님의 열두 제자 가운데 한 명인 '요한'이겠는가. 할머니는 요한이 '사랑의 사도'라는 말을 자주 했다. 삼촌이 사도 요한처럼 사랑받는 주님의 종이 될 거라고도 했다. 할머니는 삼촌을 목사로 키우고 싶어 했다. 삼촌이 공부를 조금만 못했으면 그렇게 되었을지도 모른다.

　그러니까 삼촌도 인터넷에 올라온 이런 얘기들을 모르지 않을 것이다. 동성애는 죄악이니, 지옥에 간다느니 하는 말들 말이다.

　공부에 집중하려고 애썼지만, 자꾸 삼촌 생각이 났다. 나는 노트 한 구석에 생각을 정리했다.

'삼촌이 날 봤다면? 삼촌이 먼저 말을 꺼낼 때까지 기다린다.'

'삼촌이 날 못 봤다면? 일단 지금처럼 지내면 된다. 그런데 그 다음에는?'

어차피 당장 내가 할 수 있는 일은 없다는 결론이었다. 나는 애써 오답 노트에 고개를 파묻었다.

그날 밤 학원 셔틀버스에서 내려 삼촌의 방을 바라봤다. 창가에 매달린 드림캐처가 빛나는 게 밖에서도 보였다. 내 방에도 같은 게 달려 있었다. 동그란 조명 아래 하늘색 깃털이 달려 있는데, 언젠가 내가 악몽을 자주 꾼다고 할 때 삼촌이 사 준 것이었다. 살랑거리는 드림캐처를 한참이나 바라보았다. 왠지 삼촌이 멀리 있는 사람처럼 느껴졌다.

5

꿈을 꿨다. 막판 벼락치기를 하려고 새벽에 깨서 책상에 앉았다가 엎드려 잠이 들었을 때였다.

꿈속에서 나는 서재에 있었다. 크고 견고한 나무 책장 앞에 서서 어떤 책을 찾고 있었다. 시험에 그 책의 내용이 나오기 때문이었다. 오 분 뒤 선생님이 들어오면 더 이상 책을 볼 수 없는 상황이었다.

나는 되는 대로 책을 꺼내서 훑어봤다. 마음이 급해서 그런지 원하는 부분이 찾아지지 않았다. 그런데 갑자기 책에서 글씨들이 허공에 둥둥 떠올랐다.

'어린 왕자의 장미처럼 이기적으로 구는 게 사랑이라고?'

'사랑은 어쩌면 아낌없이 주는 나무가 아니라 살아남아서 곁에 있어 주는 것.'

'사라진 사람과 물건들을 위한 우주 도시가 있으면 좋겠다.'

그런 문장들이었다. 시험하고는 상관이 없는 내용이었다. '이제 곧 시험 시작하는데, 어쩌지?'라고 생각하면서도 눈을 뗄 수가 없었다. 이상하다고 생각했지만, 이해하려고 애를 썼다. 잠에서 깼을 때는 프린트물에 침이 잔뜩 묻어 있었다.

꿈속 배경은 처음 내가 서울에 왔을 때 우리 집에 있던 서재였다. 지금은 각자 다른 층에 살지만, 막 이사 왔을 때는 사 층 큰 집에서 우리 가족, 할머니, 삼촌까지 다 함께 살았다. 그때 삼촌 방 옆에 서재라고 불리는 쪽방이 있었다. 서재에는 도서관에 있을 법한 키가 크고 견고한 나무 책장 두 개가 마주 보고 서 있었다. 나는 그 사이에 쪼그리고 앉아 있는 걸 좋아했다. 그곳에 있으면 안전하다는 기분이 들었다.

어느 날 서재에 갔더니 포스트잇이 붙어 있었다. '꼬마 독서가를 위한 추천!'이라는 메모 밑에 몇 권의 책이 있었다. 『어린 왕자』 『아낌없이 주는 나무』 『나의 라임오렌지 나무』 같은 책들이었다.

아무도 내가 여기 있는 걸 모른다고 여겼던 나는 깜짝 놀랐었다.

그 뒤로도 삼촌은 모르는 척 서재에 사탕이나 젤리 봉투를 놓아두었다. 생일 즈음에는 선물 상자를 두기도 했다. 레고와 책, 필통 같은 것들이 들어 있었다. 나는 감사 편지를 써서 그 자리에 두곤 했는데, 다음 날 보면 항상 사라져 있었다.

삼촌과 할머니가 아래층 집으로 이사하기까지 삼촌은 나를 향한 메모나 간식, 작은 선물을 남기는 걸 계속했다. 나는 그에 대한 보답으로 책에 대한 감상문을 써서 남겼다. 그러다 보니까 삼촌이 보는 어려운 책들까지 읽게 되었다. 사실 아이들을 위한 책보다 삼촌이 읽는 어려운 책들을 더 좋아했다. 내용은 이해 못 해도, 삼촌이 읽은 걸 나도 읽었다는 자부심이 컸다.

삼촌은 책의 귀퉁이를 접거나 메모를 해 가면서 책을 읽는 습관이 있었다. 읽은 책과 읽지 않은 책은 옆면만 봐도 구분할 수 있을 정도였다. 나는 삼촌의 메모를 기대하면서 책장을 넘기고는 했다.

메모를 읽으면 삼촌의 마음을 훔쳐보는 느낌이었다. 연필로 쓰여 언젠가는 지워질 것만 같은 흔적들이었다. 나는 그 메모를 찾고 싶어서 열심히 책을 읽었다. 메모를 읽다 보면 겉으로는 전혀 티가 나지 않는 삼촌의 복잡한 마음을 조금이나마 엿본 것 같았다. 재미있는 건 우리 둘 다 서재에서 일어난 일들을 모르는 척했다는 것이다. 일종의 약속처럼, 입 밖으로 꺼내는 법이 없었다.

그제야 꿈속의 메모들이 실제로 내가 본 적이 있는 삼촌의 것이었다는 사실이 떠올랐다. 그동안 다른 사람들보다 삼촌에 대해 잘 안다고 믿어 왔는데, 그건 아마도 서재와 책 속의 메모들 덕분이 아니었을까. 하지만 그건 착각이었다. 나는 삼촌의 가장 큰 비밀에 대해서는 전혀 모르고 있던 것이다.

6

삼 일간의 시험이 끝났다. 그럭저럭 본 것 같았다. 종례 시간에 무심코 창밖을 보는데 벌써 나와서 축구 하는 애들이 보였다. 축구를 못 해서 한이 맺힌 사람들처럼 뛰어다녔다. 나도 나가서 뛰고 싶었다. 초등학생 때는 운동장을 뛰어다니는 걸 좋아했는데, 언젠가부터 앉아만 있는 기분이었다.

도하도 보였다. 이쪽저쪽으로 열심히 뛰고 있었다. 도하는 원래부터 놀이터에서 누구보다 많이 뛰어다니던 아이였다. 처음 봤을 때 도하는 키가 아주 작았다. 미숙아로 태어나서 계속 작았다고, 성장도 느리고 변성기도 늦었다고, 도하 엄마가 하는 말을 들은 적이 있다. 늘 또래보다 작은 편이었던 도하의 키가 부쩍 커 보였다. 늘 내가 더 컸는데, 더 이상 나는 뛰어다니지 않아서 그런 걸지도 모르겠다.

"고희망, 밖에 누굴 보니?"

무안을 주는 담임의 말에 몇몇 애들이 웃었다. 아예 엎드려 있는 애들도 있는데 만만한 나한테만 저러는 게 짜증이 났다. 더 격렬하게 나가서 미친 듯이 뛰고 싶어졌다.

종례가 끝나고 아이들이 밖으로 쏟아져 나갔다. 나는 지수와 쇼핑몰에 가기로 했다.

"이번에 몇 등 할 거 같아? 혹시 일 등?"

"아, 몰라."

나는 시험을 보고 나면 급격히 흥미를 잃었다. 심지어 등수에도 그다지 관심이 없었다. 지수는 공부 잘하는 애가 여유까지 부린다며 재수 없다고 했다.

운동장을 지날 때 도하가 다른 남자애들과 걸어가는 게 보였다. 도하는 축구공 가방에 달린 끈을 잡고 달랑거리면서 걷고 있었다. 지수가 내 시선을 따라가다가 도하를 발견했다.

"이도하네? 가서 인사라도 할까?"

놀리듯이 말하는 지수의 팔을 반대편으로 잡아끌었다.

지수가 걸으면서 말했다.

"내가 엄청난 정보를 갖고 왔어. 어젯밤에 알게 된 건데 너한테 얘기하고 싶은 거 엄청 참았어."

지수는 소리를 낮추며 말을 이었다.

"이거 진짜 몇 명밖에 모르는 얘기야. 세연이랑 같이 노는 애들

중에 한 명이 나랑 친하거든? 걔가 그러는데 세연이가 도하한테 꽂혔대."

갑자기 튀어나온 세연이라는 이름에 지수의 얼굴을 멍하니 보았다. 우리 학교에서 제일 인기 많고 예쁜 박세연을 말하는 걸까? 내 의문을 해결해 주듯 지수가 말했다.

"그래. 그 '세연스 픽'의 박세연."

'세연스 픽'이라는 게 있다. '세연이가 찍은 남자애들'이라는 뜻인데, 한마디로 잘나가는 애라는 뜻이다. 세연이가 고른 남자들은 모르려고 해도 모를 수가 없었다. 대부분 무언가로 유명한 애들이었다. 축구를 잘하거나, 싸움을 잘해서 유명하거나, 그냥 유명한 걸로 유명하거나. 도하는 그런 애가 아니었다. 지수가 뭔가 잘못 알았을 거라는 의심을 지울 수가 없었다.

"확실한 거야? 다른 애로 착각한 거 아니야?"

"얼마 전에 둘이 엘리베이터에 갇혔대. 걔네 둘이 같은 학원 다닌다나 봐. 거기 엘리베이터가 멈춰서 이십 분 동안 갇혀 있었다는데."

수학이 약한 도하가 올 초에 학원을 바꿨던 게 기억났다. 지수가 의미심장하게 말했다.

"그 안에서 무슨 일이 벌어졌는지는 모르지, 뭐."

시험이 끝나고 홀가분했던 기분이 다시 복잡해지는 걸 느꼈다.

"얼른 가자."

나는 아무렇지도 않은 척 말했다.

옷을 구경하러 쇼핑몰로 걸어가는 내내 지수는 세연이와 도하 이야기를 했다. 한참 건성으로 옷을 보고 있는데, 삼촌한테서 문자가 왔다.

희망아, 섬 잘 봤어?

삼촌이 시험이 끝나길 기다렸다는 걸 알아차렸다. 나는 답장을 어떻게 보내야 할지 고민하다가 미적지근하게 답장했다.

그럭저럭?
오늘 삼촌이 맛있는 거 사 줄까? 멕시코 음식 어때?

삼촌은 특별한 날이 아니어도 가끔 맛있는 걸 사 줬다. 저번에 차에 탔을 때 시험이 끝나면 데이트하자고 했으니까 속단할 수는 없다. 만약에 내가 본 게 사실이라면 삼촌이 뭐라고 말할지 궁금했다. 어쨌든 피할 생각은 없었다. 나는 답장을 보냈다.

완전 좋지.

삼촌은 시간과 장소를 알려 줬다. 집에서 좀 떨어진 식당이었다.

지수와는 쇼핑몰에서 놀다가 적당한 시간에 헤어졌다. 잘생긴 삼촌을 보겠다며 자기도 데려가라는 지수를 겨우 떼어 냈다.

삼촌은 일이 끝나고 바로 왔는지 정장 차림이었다. 집에서 추리닝 입은 삼촌만 보다가 밖에서 정장 입은 삼촌을 보니까 삼촌이 어른이고 직장인이라는 게 실감이 났다.

"시험 잘 봤어?"

"그냥 봤어."

삼촌은 이미 물어본 질문을 또 했다. 의식해서 그런지 몰라도 삼촌은 긴장한 것처럼 보였다.

주문한 타코와 퀘사디아가 나왔다. 할머니가 한식당을 해서 그런지 외식은 대개 양식이나 색다른 걸 먹고는 했다. 삼촌이 시킨 메뉴는 둘이서는 먹기 버거울 만큼의 양이었다. 지수랑 떡볶이를 먹은 지 얼마 안 되었지만 퀘사디아를 한입 가득 넣었다. 소스가 자꾸 입가에 묻어서 닦느라 정신이 없었다. 맛있었지만 삼촌이 신경 쓰였다. 삼촌이 빨리 말을 했으면 좋겠는데 자꾸 뜸을 들였다.

"삼촌 나한테 할 말 있어?"

결국 내가 먼저 말을 꺼냈다. 나에게 냅킨을 건네려던 삼촌이 멈칫했다.

"희망아. 삼촌이 너한테 물어볼 게 있는데, 지난 주말에 말이야. 밤에 골목길에서……."

"골목길에서, 뭐?"

"혹시 삼촌 보지 않았어?"

"봤어. 그거 신경 쓰는 거지?"

삼촌은 입 안에 든 음식을 겨우 삼키고 말했다.

"너, 놀랐지?"

"놀랐지, 아무래도. 삼촌이 키스하는 걸 봤는데."

"미안하다. 그런 걸 보게 해서."

"근데, 뭐 엄청 충격적이지는 않아. 놀라지 않은 건 아닌데 또 되게 놀란 것도 아니야. 그러니까, 남자여서 놀란 건 아니라는 뜻이야."

내가 무슨 말을 하고 있는지 나조차 헷갈렸지만, 삼촌이라면 이해할 거라는 믿음이 있었다. 어릴 때부터 내가 하는 말들을 삼촌은 찰떡같이 알아들었다. 심지어 엄마 아빠가 갸웃하는 말들도 삼촌만큼은 이해한다는 표정을 지어 주었다.

"음, 사실 너라면 잘 받아들일 거라고 생각했어."

막상 삼촌과 비밀스러운 얘기를 하려니까 어색했다. 마침 주문한 디저트가 나왔다.

"삼촌은 그럼 게이야?"

나는 게이라고 발음할 때 목소리가 작아지거나 머뭇거리지 않으려고 노력했다.

"음, 그런 셈인데. 그러니까, 맞아."

그렇구나. 내가 생각한 게 맞았구나. 뭔가 마음이 편치 않았다.

삼촌이 게이라는 게 놀라워서일까? 그건 분명 아니었다. 대체 이 기분은 뭘까, 생각하면서 괜히 샐러드를 뒤적였다.

"근데 가족들도 모르는 거야? 아니면 나만 몰랐던 거야?"

"내가 먼저 고백한 사람은 없어."

"나한테도 계속 비밀로 하려고 했어?"

묻고 나서야 기분이 좋지 않았던 이유를 깨달았다. 삼촌이 나한테 비밀이 있다는 게 어쩐지 마음에 들지 않았던 것이다.

"희망아, 삼촌한테 섭섭해?"

삼촌이 포크를 내려놓았다.

"희망이 네가 더 크면 얘기해 주려고 했지."

"정말 그랬어? 그냥 하는 말 아니야?"

"정말이야, 정말."

삼촌의 얼굴에서 조바심이 묻어나자 나는 오히려 기분이 좋아졌다. 난 괜히 이것저것 물어보고 싶어졌다.

"삼촌 궁금한 거 물어봐도 돼?"

"그럼."

"혹시 회사 사람이야?"

"응, 맞아. 어떻게 알았어?"

"그냥 찍었어."

삼촌과 나 사이에 잠시 침묵이 흘렀다.

"삼촌, 근데 말이야. 삼촌은 어떻게 알았어? 게이라는 거."

"그냥 알았어. 일종의 혀 말기 같은 거야."

"혀 말기?"

"학교에서 혀 말기에 대해 배운 적 있어?"

"책에서 본 적 있어. 유전적인 거라고."

"누구한테는 당연하게 말리는 게 누구한테는 완전 불가능한 일이잖아. 나한테는 그랬어. 명확했어. 인정하는 데 시간이 걸렸을 뿐이지."

혀를 말아 보았다. 자연스럽게 말렸다. 말리지 않는 걸 상상할 수 없을 만큼 쉬웠다.

"넌 좋아하는 친구 없어?"

도하의 얼굴이 스쳐 지나갔다.

"없어."

"방금 살짝 고민한 것 같은데."

"있어도 없어. 연애 싫어. 연애 극혐."

삼촌을 놀리고 싶어졌다.

"삼촌은 그 사람 많이 좋아해?"

"만난 지 얼마 안 되긴 했는데, 그래도 좋아하지."

"하긴 좋아하지 않으면 그렇게 키스할 리가 없지. 골목길에서."

"너, 삼촌 놀려?"

나는 푸스스 웃으면서 디저트로 나온 추로스를 한입 가득 넣었다.

삼촌이 잘 먹는다고 자꾸 칭찬하는 바람에 배부른데도 디저트까지 해치우고 말았다. 배를 두들기며 조수석 시트를 최대한 젖히고 눈을 감았다.

"요새 책은 잘 안 읽어? 서재에 좀 놀러 와."

삼촌이 말했다. 할머니와 삼촌이 이 층과 삼 층에 있는 원룸으로 이사를 가면서 서재는 삼촌의 방으로 옮겨졌다. 서재에 있는 대부분의 책이 삼촌의 것이었기에, 자연스러운 결과였다. 예전만큼 자주는 아니지만, 여전히 내가 가고 싶을 때면 언제든지 서재에 갈 수 있었다.

"요즘은 읽는 것보다 쓰고 있어."

소설을 쓴다는 건 지수를 제외하고는 말하지 않았다. 하지만 삼촌의 비밀을 알게 되었으니까 나도 비밀 하나는 내주고 싶었다.

"진짜? 삼촌도 볼 수 있어?"

"지금은 안 돼. 나중에. 나아아아중에."

"내용만 알려 줘."

"그냥 종말이 와서 다 죽는 소설이야."

"모두 다? 주인공도 죽어?"

"응. 그게 제일 중요해."

"희망이 절망에 대해서 쓰네. 그래도 희망은 남겨 놔야 하는 거 아니야?"

"인간이 아니라 고양이나 바퀴벌레가 새로운 희망이 될 수도 있는 거지."

삼촌은 동의도 반대도 하지 않고 어깨를 으쓱해 보였다.

오랜만에 삼촌 서재에 놀러 가고 싶어졌다. 소설을 쓰는 데 도움이 될 만한 책이 있는지 보고 싶기도 했다.

더 이상 '꼬마 독서가를 위한 코너'는 없지만, 서재는 여전히 익숙한 공간이었다. 이곳에는 나름의 질서가 있다. 삼촌은 책을 작가별로 분류하는 걸 좋아했고 두 번째 칸 흰색 북엔드 안에 있는 것은 최근에 읽은 책을 뜻했다. 삼촌이 요새 읽고 있는 건 사랑에 관한 책인 듯했다. 제목에 '사랑'이라는 단어가 많이 보였다.

나는 에리히 프롬의 『사랑의 기술』을 들고 후루룩 넘겨 보았다. 삼촌의 메모가 보였다.

'사랑은 수동적인 감정이 아니라 활동이다. '참여하는 것'이지 '빠지는 것'이 아니다'라는 문장에 밑줄이 그어져 있고 그 밑에 연필로 메모한 흔적이 보였다.

'사랑에는 용기가 필요하다!'

삼촌의 마음을 엿보는 것 같았다.

"필요한 거 있으면 가져가."

삼촌의 말에 나는 들고 있던 책을 얼른 제자리에 돌려놓았다. 나는 괜히 다른 책을 둘러보는 척을 하다가 식물도감을 꺼냈다.

"식물도감?"

"이번 소설에서는 인류를 없애고 식물을 지구의 주인으로 만들어 보려고."

나는 대충 둘러댔지만, 머릿속에는 아까 본 메모가 계속 떠올랐다. 삼촌과 헤어지기 전에 어떤 식으로든지 삼촌에게 힘을 주는 말을 하고 싶었다. 그래서 신발을 신으며 말했다.

"삼촌, 있잖아……. 내가 신이면 삼촌을 끝까지 살려 두고 싶을 거야."

종말이 왔을 때 한 사람만 살 수 있다면 삼촌이어도 좋을 것 같았다. 삼촌은 영문을 모르겠다는 표정을 짓더니 이내 하, 하, 하, 하고 웃었다. 내가 아는 삼촌의 진짜 웃음이었다.

문득 삼촌이 남자를 좋아해도, 여자를 좋아해도, 둘 다 좋아해도, 사람을 안 좋아하고 선인장이나 고양이만 좋아해도, 삼촌은 삼촌일 뿐이라는 생각이 들었다.

7

지수의 정보가 맞았다. 방학식 날, 세연이가 고백했다는 소문이 퍼지면서 다들 도하가 누구인지 알게 되었다. '아 걔, 귀엽더라' '왜 여태까지 몰랐지? 역시 세연이가 보는 눈이 있네' 하고 수군거리는 소리가 들렸다.

세연이가 나를 찾아온 건 예상하지 못한 일이었다. 세연이는 마침 비어 있던 내 앞자리에 앉았더니 친한 친구처럼 바짝 붙었다. 가까이서 본 세연이의 얼굴은 꼭 자두 같았다. 뺨도 불그스름하고 눈동자가 크고 맑았다. 홀린 듯이 보게 되는 얼굴이었다.

"희망아, 너 삼 반 이도하랑 친하다며."

짧은 순간 어떤 대답을 해야 할지 생각이 바쁘게 오갔다.

"같은 동네 살아."

나쁘지 않은 대답이었다. 우선 사실이니까. 세연이는 뭔가 궁금해하는 눈치기도 하고 경계하는 눈치기도 했다.

"너 혹시 걔 좋아해?"

"아닌데?"

나도 모르게 큰 소리로 대답하고 말았다.

"그럼 나한테 좀 알려 줘. 도하에 대한 거 아무거나."

이런 걸 왜 나한테 물어보지, 싶었지만 나는 생각나는 대로 몇 가지를 말해 주었다. 축구를 좋아하고, 누나가 있고, 부모님이 장사를 한다는 것 등. 세연이가 고개를 한쪽으로 꺾으며 웃었다.

"아니, 그런 것들은 이미 알지. 넌 오래 알고 지냈으니까 뭔가 특별한 걸 알 거 아냐."

도하에 대해서 아는 것들을 말로 설명할 자신이 없었다. 마침 세연이의 친구들이 세연이를 불러서 다행이었다. 세연이가 가기 전에 자기 폰을 나에게 내밀었다.

"네 폰 번호 좀 찍어 줘. 연락해도 되지?"

순간적으로 틀린 번호를 입력하고 싶은 유혹을 느꼈지만, 똑바로 번호를 찍었다. 세연이가 있던 자리에 앉은 지수가 중얼거렸다.

"사귀는 사이면 직접 물어 보면 되지 뭘 조사를 하나."

더 이상 도하 얘기를 하고 싶지 않았다. 괜히 방학 때 뭐 할 거냐고 물었지만, 그냥 넘어갈 지수가 아니었다.

"말 돌리지 말고."

한숨이 나왔다.

교실을 나서는데 복도에 있는 애들이 뭉쳐서 창밖을 보고 있었다. '쟤가 이도하구나' '귀엽다' 하는 말소리가 들렸다. 그리고 밖에는 세연이와 도하가 나란히 걸어가는 게 보였다. 지수가 '뭐냐? 쟤들' 하고 중얼거리더니 덧붙였다.

"근데 이도하가 잘생기긴 했지."

"그래? 그런가?"

"너 진짜 관심 없어?"

"그냥 친구라니까."

지수가 이럴 정도면 도하가 잘생기긴 한 모양이다. 갑자기 도하가 낯설게 느껴졌다. 도하를 보면 예전의 작고 어린아이 시절이 먼저 떠올랐다. 하지만 세연이 옆에 서 있는 건 완전히 새로운 도하였다. 그 아이의 변화를 나만 눈치채지 못하고 있던 것이다.

집에 들어가기 싫어서 집 근처 놀이터 그네에 앉아 시간을 죽였다. 동네에 딱 하나 있는 놀이터에는 몰려든 아이들이 섞여 놀곤 했다. 그곳에서 처음 다가온 아이가 도하였다. 그때 나는 벤치에 앉아서 아이들이 노는 것만 보고 있었다.

"너도 얼음 땡 할래?"

"나 얼음 땡 싫어해."

"왜? 재밌는데?"

도하는 대수롭지 않게 지나치며 다시 아이들 틈으로 들어갔다. 도하는 키는 작았지만, 발이 빨라서 어지간해서는 얼음을 외치지 않았다. 얼음이 되는 것보다는 돌아다니며 얼음이 된 아이들을 모두 깨우는 역할을 했다. 한참이 지나 도하가 다시 나에게 왔다.

"너, 얼음 땡 왜 싫어해?"

"얼음이 된 느낌이 싫어."

"너 얼음 되면 내가 땡 해 줄게. 무조건 너를 일 등으로 땡 해 줄게."

시간이 지나 얼음 땡의 인기가 사그라들고, 다들 핸드폰 게임만 하게 될 때까지 도하는 그 약속을 지켰다.

옛날 생각을 하던 중에 세연이에게 전화가 왔다. 받지 말까 하다가 피하는 느낌이 싫어서 전화를 받았다.

세연이는 바로 본론부터 말했다. 도하가 좋아하는 음식, 싫어하는 음식, 성격 같은 걸 물어보았다. 나는 아는 것만 대강 대답했다.

"너랑 도하는 언제부터 안 거야?"

대뜸 질문이 나에게로 향했다.

"열 살 때 내가 여기로 이사 오면서부터 알았어."

"너희 되게 친하다고 하더라고."

"누가 그래?"

"다들 그러던데. 그리고 도하도 네 얘기를 많이 해."

"우리 둘 다 부모님이 가게 하시고, 공통점이 많아서 그런가 봐."

나는 변명하듯 말했다. 나에 대해서 도하가 뭐라고 얘기했는지 궁금했다.

"사귀게 된 기념으로 선물 사 주고 싶은데 뭐가 좋을까?"

"저번에 아이언맨 피규어 갖고 싶어 하던데. 조립하는 거."

도하와 어벤져스 굿즈를 보러 갔을 때가 생각나서 말했다.

"그래? 어떤 건지 이미지 찾아 줄 수 있어?"

"그래. 보내 줄게."

인터넷으로 도하가 욕심냈던 피규어를 찾으면서 괜히 친절히 알려 줬나, 하고 후회했다. 도하는 아이언맨을, 나는 헐크를 좋아했다. 도하에게 왜 아이언맨이 좋냐고 묻자, 도하는 '스스로의 노력으로 영웅이 된 거잖아'라고 답했다.

내가 세연이에게 아무리 도하에 대해 알려 준다고 해도, 정말 중요한 건 모를 거라는 생각이 들었다. 도하는 바퀴가 달린 건 다 좋아해서 어릴 때 무릎이 늘 까져 있었다는 것, 수박을 좋아해서 한

통을 혼자서 다 먹을 수 있다는 것, 어릴 때 키는 작아도 다리가 빨라서 얼음 땡을 할 때 절대 술래가 되지 않았다는 것, 식당에서 음식을 먹고 난 뒤에는 접시를 차곡차곡 포개어 놓아서 식당 주인에게 칭찬을 듣는다는 것, 욕을 거의 하지 않고 잘 웃는 아이라는 것. 그 모든 걸 세연이가 당장 알 수는 없을 것이다. 하지만 시간이 많이 흐르면, 나보다 세연이가 도하에 대해 더 잘 알게 될지도 모른다. 그러니까, 둘이 오래 사귄다면 말이다.

나는 전화를 끊은 뒤에 벤치로 자리를 옮겨 비어 있는 놀이터를 바라보았다. 내심 도하가 오지 않을까 기대했다. 한 시간 정도 앉아 있었지만 도하는 오지 않았다. 지루함을 견디지 못하고 일어나려는데 도희 언니와 마주쳤다.

"어, 희망아!"

도희 언니는 도하의 누나였다. 언니의 쌍꺼풀 없이 큰 눈과 날렵한 얼굴형은 도하와 놀랄 만큼 닮았다. 어릴 때 언니는 키도 크고 통솔력이 있어서 줄곧 동경의 대상이었다. 그때는 도하보다도 도희 언니와 놀고 싶어서 안달했다. 언니가 내 옆자리에 앉으며 물었다.

"집에 안 가고 뭐 해?"

"그냥 집에 가기 싫어서요. 방학해서 일찍 끝났거든요."

"나도. 고 이 방학이라서 의미는 없지만."

"고등학교 가면 많이 바빠요?"

"하기 나름이지. 압박이 있으니까 놀아도 맘이 편하진 않아."

언니는 가방에서 지렁이 젤리를 한 봉지 꺼내 주며 물었다.

"희망아, 혹시 너 도하랑 사귀니?"

"네? 아니요?"

"음, 난 너랑 도하랑 사귀는 줄 알았는데. 아침에 꽃을 가방에 넣어 가길래."

언니는 작게 아쉽네, 하고 말했다. 별안간 기분이 상했다. 도희 언니가 집으로 간 뒤, 나는 자리를 박차고 일어나 집으로 향했다. 도희 언니한테 화가 난 건지, 누구한테 화가 난 건지 알 수 없었다. 집에 도착하자마자 노트북을 펴고 글을 썼다. 뭔가 몰두할 게 필요했다.

홈에서의 생활이 점차 익숙해졌다. 홈에는 나름대로 규칙이 있었다. 식량 당번은 마트에서 음식을 구하고, 요리를 해야 했다. 특별히 먹고 싶은 게 있으면 식량 당번이 볼 수 있도록 커다란 화이트보드에 써 두면 되었다. 일주일에 한 번씩은 마트에 가서 다 같이 생수를 옮겼다. 무겁기도 하고 가장 빨리 소진되는 게 물이어서 모두 힘을 합쳐야 했다. 더 이상 조달할 음식이 없는 마트는 지도 위에 엑스 표를 쳤다. 집 청소도 돌아가면서 했다. 누군가는 청소가 서툴고, 누군가는 요리가 서툴렀지만 서로 부족한 걸 채워 줬기에 홈은 그럭저럭 굴러갔다.

체육관에 새로운 사람이 왔는지 확인하러 가는 것도 순번이 정해져 있었다. 새로운 사람을 만나는 일은 극히 드물었지만 내가 쪽지를 보고 홈에 온 걸 생각하면 멈출 수 없는 일이었다.

더 이상 학교나 학원에 갈 필요가 없는 우리는 이전과 비교할 수 없을 정도의 자유가 생겼다. 자유 시간을 보내는 방법은 제각각이었다. 나는 책을 보기도 하고, 사람들이 사라진 거리를 걸어 다니기도 했다. 강아지 한 마리 보이지 않는 거리에 서서 '거기 누구 없어요!' 하고 소리를 지르기도 했다.

지루할 때는 J와 대형마트나 백화점에 가서 놀았다. 불이 꺼진 백화점에서 헤드라이트를 달고 돌아다니다 보면, 마치 어둠 속에서 보물 찾기를 하는 기분이었다. 과자를 먹고, 생수로 양치를 하고, 게임기를 뜯어서 하고 싶은 게임을 했다. 매장에 있는 옷을 실컷 입어 보고, 화장을 했다. 가져갈 필요도 없었다. 언제든지 와서 갈아입으면 되었다.

"이거 예전에 입어 봤던 옷인데."

J가 흰색 패딩을 몸에 걸치며 말했다.

"종말이 오기 삼 일 전이었어. 여기서 엄마한테 사 달라고 졸랐는데, 결국 안 사 주셨지."

거울 속의 J는 흰색 패딩이 썩 잘 어울렸고 약간 슬퍼 보였다.

우리는 음반 매장에도 갔다. 거기에는 J가 좋아했던 아이돌 그룹의 앨범이 있었다. J는 나에게 일곱 명의 남자들이 잔디밭에 누워 있는 사진을 보여 주었다. 누군지 알 듯 말 듯 했다.

"그렇게 인기가 많지는 않았어. 그래도 나한테는 최고였어. 나한테만 큼은."

J가 아이돌의 공연장에서 종말을 맞았다는 게 기억났다.

나와 J는 백화점에서 스케이트보드를 가지고 나와 공터에서 연습을 했다. 종말 전에 꽂혔던 보드를 종말이 찾아온 다음에야 갖게 되었다.

'D는 지금 뭘 할까.'

보드에 올라타는 연습을 하다가 지쳐 널브러졌을 때 문득 궁금해졌다. 홈의 아이들은 자유 시간에 뭘 하고 노는지 이야기를 나누곤 했는데, D는 단 한 번도 그것에 대해서 입을 열지 않았다.

"D가 자유 시간에 뭘 하는지 알아?"

J에게 물었다.

"D가 어디 가는지는 아무도 몰라. 그냥 말없이 사라지니까. 내 예측으로는 나름대로 종말에 대한 연구를 하는 거 같아."

"연구를 한다고?"

"그냥 짐작일 뿐이야. 왜, 신경 쓰여?"

J한테서 놀리는 기색이 느껴져서, 나는 못 들은 척 다시 일어나 스케이트보드에 올라탔다. 보드가 앞으로 미끄러지듯 나아갈 때면 잠시나마 모든 생각을 잊을 수 있었다.

8

방학을 하고 도하를 다시 만난 건 일요일 국밥집에서였다.

나는 일요일 낮에는 나주 국밥에 가지 않는다. 교회 사람들이 우르르 오는 시간이라서 소란해지는 게 싫었다. 할머니는 교회 사람들에게 인심이 후했다. 밥도 많이 푸고 반찬도 넉넉히 펐다. 서비스로 수육도 냈다.

가게에 내려갔던 건 우연히 도하네 가족이 들어가는 걸 봤기 때문이다. 평소에 추리닝만 입던 도하가 청바지와 후드티를 입고 있고 가족들도 다들 차려입은 모습이었다. 가게에 들어가고 나서야 입고 있는 티셔츠가 목이 늘어나서 좀 별로라는 생각이 들었다. 하지만 갈아입고 오기에는 타이밍이 늦어 버렸다.

도하네 가족은 다들 지친 얼굴로 묵묵히 밥만 먹고 있었다. 나는 도하를 흘끔거리며 뭘 찾는 척을 했다. 괜히 서성이다가 도하네 엄마와 눈이 마주쳐서 인사를 했다.

"희망이 밥 먹었어?"

"네. 어디 다녀오세요?"

"응, 도하 외할머니 병문안."

그때 벽에 꽂힌 핸드폰 충전기가 눈에 들어왔다. 나는 괜히 충전기를 뽑으면서 맛있게 드세요, 하고 인사를 했다. 무슨 일로 온 거지, 생각하면서 가게 밖으로 나가려는데 도하가 일어났다.

"나 다 먹었으니까 먼저 갈게요."

좀 기다리지, 하는 도하 엄마의 말을 뒤로하고 도하가 밖으로 나왔다. 도하를 힐끗 쳐다봤다.

"외할머니 어디가 아프신데?"

"암이래. 근데 너 요새 바빠?"

"그냥 그래."

연애하느라 바쁜 건 너겠지. 속으로 생각하고 있는데 비둘기 떼가 몰려왔다. 내가 멈춰 서자 도하가 잠깐 기다려 주었다. 나는 새를 무서워한다. 처음 서울에 왔을 때 비둘기가 너무 많아서 충격이었다. 게다가 비둘기들은 퍼덕거리며 떼로 몰려다니고, 사람을 피하지도 않았다.

오랜만에 나란히 서 있으니까 눈높이가 얼추 비슷해진 게 느껴졌다. 쟤가 언제 저렇게 컸지.

도하는 언제나 또래보다 작았다. 도하는 단 한 번도 나보다 키가 컸던 적이 없었다. 중학교에 처음 들어갔을 때만 해도 초등학생이 교복을 입은 것처럼 어색한 모습이었다.

"이도하, 너 키 많이 컸다."

"그래서 무릎이 아파."

"무릎이 왜?"

"누나 말로는 크느라 그렇대."

그러고 보니까 머리 모양도 달라 보였다. 왁스를 발라서 그렇다고 생각했는데 자세히 보니까 늘 자르던 모양과 달랐다.

"너 머리 어디서 잘랐어?"

"얼마 전에 새로 생긴 데 세일해서. 이상해?"

"음, 이상한 건 아닌데."

이런저런 이야기를 하며 걷다 보니 벌써 우리 집 앞이었다. 막상 궁금한 건 못 물어보고 다른 질문만 잔뜩 한 기분에 나도 모르게 크게 소리치고 말았다.

"야, 이도하!"

도하가 말없이 나를 돌아봤다.

"엘리베이터에 갇혔었다며. 안 무서웠어?"

"무서울 게 뭐 있어? 그거 쉽게 추락 안 해."

도하는 대수롭지 않다는 듯 말했다.

세연이에 대해 물어보고 싶었지만, 입이 떨어지지 않았다. 나 간다, 하고 몸을 획 돌렸다. 집 쪽으로 맹렬히 걸었다. 희망아, 하고 나를 불러 세운 건 도하였다. 나는 우뚝 섰다가 관성 때문에 휘청거렸다. 도하가 말했다.

"너 혹시 박세연 알아?"

나는 무심하게 말하려고 애썼다.

"알지. 같은 반인데."

"걔 혹시 뭐 좋아하는지 알아? 음식이든 뭐든 아무거나."

나는 침을 꿀꺽 삼켰다. 세연이가 한 것과 같은 질문이었다. 나는 허둥지둥 말했다.

"아, 너 걔랑 사귀기로 했다며?"

"어떻게 알았어?"

"다들 너희 얘기해. 이도하 인기 많아져서 좋겠네."

말이 삐딱하게 나갔다. 나는 도하에게 다가섰다. 침착하게 말하자고 마음속으로 되뇌었다.

"세연이, 저번에 보니까 푸딩 좋아하더라. 급식 나왔을 때 좋아서 소리 지르는 거 들었어. 그리고 샐리 좋아하는 거 같아. 알지? 노란 오리 캐릭터. 그 인형을 가방에 달고 다니더라고. 잘 사귀어 봐. 이도하 다 컸네."

마지막 말은 안 해도 되었겠다고 후회했지만 이미 늦었다. 집에 들어오고 나서야 덤덤한 목소리를 내는 데 실패했다는 걸 깨달았다. 혼자서만 말을 쏟아내고 말았다.

사실 난 세연이가 뭘 좋아하는지 모른다. 아, 딱 하나는 알았다. 이도하. 세연이는 도하를 좋아한다. 나에게 도하에 대해서 물어보는 세연이의 얼굴이 떠올랐다. 그건 누가 봐도 사랑에 푹 빠진 얼굴이었다.

9

여름은 내가 싫어하는 계절이다. 가능하다면 통째로 날려 버리고 싶다. 여름 방학을 하고 한 주 정도가 지나면 동생의 기일이다. 기일을 앞둔 우리 집의 분위기는 늘 미묘하게 달라지곤 했다.

일단 엄마의 약봉지가 식탁에서 사라지지 않았다. 늘 비타민과 두통약 사이에 다른 약이 끼어 있었다. 약봉지가 보이면 나는 긴장했다. 엄마가 진료를 받고 올 때마다 아빠는 '엄마 힘들게 하지 말자'라는 말을 자주 했다. 지금보다 어렸을 때는 아빠의 말이 엄마를 잃을지도 모른다는 경고로 들렸다.

나는 엄마를 힘들게 하는 건 아무것도 하지 않았다. 엄마가 자고 있을지도 모르니까 늘 조용히 걸어 다녔고, 알아서 밥을 챙겨 먹고 혼자 학교에 갔다. 한때는 그 상태가 더 조용하고 편하다고 생각할 때도 있었다. 하지만 이내 숨이 막혔다. 차라리 엄마가 잔소리를 퍼부으면 좋겠다고 생각했다. 이어폰을 끼고 걷지 말라고, 골목길 말고 큰길로 다니라고, 횡단보도를 건널 때 라인 안으로만 걸으라고 말해 주었으면 했다. 막상 잔소리가 퍼부어질 때는 대답도 잘 안 하면서 말이다.

학원에 다녀왔더니 식탁에 평소에 못 보던 음식이 차려져 있었다. 고춧가루를 거의 넣지 않은 닭볶음탕과 간장 떡볶이였다. 소망이한테 엄마가 자주 해 주던 음식들이었다. 어제까지만 해도 아무엇도 안 할 것처럼 누워만 있던 엄마가 주방을 분주하게 오갔다. 엄마가 멍하니 서 있는 나에게 말했다.

"손 씻고 와."

가게에서 저녁을 먹는 아빠도 오늘만큼은 집으로 올라왔다. 식탁에 둘러앉았지만 우리는 별다른 말을 하지 않았다. 소망이가 좋아하는 음식을 앞에 두고 소망이 얘기는 절대 하지 않으면서 밥을 먹는 것. 그것이 우리가 동생을 기억하는 방법이었다. 나는 이런 방식이 싫었다. 소망이 이야기를 하고 싶었다. 아무도 그날의 이야기를 하지 않는 상황이 답답하고 체할 것 같았다.

나는 엄마가 새로 한 음식들을 억지로 먹지 않았다. 원래 있던 멸치볶음과 김치만 먹었다. 음식에 손을 잘 대지 않는 건 엄마와 아빠도 마찬가지였다. 음식이 좀처럼 줄지 않았다.

"잘 먹었습니다."

맨밥을 꾸역꾸역 삼키고는 빈 그릇과 수저를 설거지통에 담그고 돌아섰다.

"희망아, 할머니 이것 좀 드리고 와. 오늘 아주머니한테 가게 맡기고 쉬신대."

엄마가 반찬 통을 내밀었다. 나는 냉큼 집 밖으로 나왔다.

할머니 방에서 찬송가가 흘러나오고 있었다. '죄인'과 '죄악'이라는 단어가 많이 나오는, 할머니가 제일 좋아하는 찬송가였다.

할머니가 부를 때면 경상도 사투리 때문에 '죄악'이 '재악'으로 들렸다. 할머니는 일할 때도 쉴 때도 쉴 새 없이 이 찬송가를 흥얼거렸다. 음정과 박자가 엉망이라 찬송가가 아니라 트로트처럼 들리기도 했지만, 하도 많이 들어서 나도 가끔 흥얼거리고는 했다.

할머니는 앨범을 꺼내 보고 있었다.

"엄마가 이거 반찬 드시래요."

할머니는 내 손에 든 반찬 통을 보더니 나에게 와서 앉으라고 손짓했다.

할머니는 소망이의 사진을 보고 있었다. 사진 속에서 할머니가 첫 번째 생일을 맞은 소망이를 안고 있었다. 소망이는 잔뜩 찌푸린 얼굴이었지만 주변 어른들은 모두 환하게 웃고 있었다. 주눅 들고 입이 비죽 나온 채, 울상인 표정. 그게 그 애가 내 앞에서 가장 자주 짓던 표정이었다.

"네 엄마 아빠는 괜찮니?"

"괜찮은 거 같아요."

"자식 앞세운 에미 애비가 속이 편할 리가 있겠니."

할머니는 쯧, 하고 혀를 찼다.

"희망아."

"네."

"동생 몫까지 행복하게 살아야 한다."

"……네."

"할미가 기도를 아주 많이 한다. 소망이는 하늘나라에 자기 자리가 딱 있을 거다."

"네."

"이번 주에 할미랑 교회에 가 볼려?"

"……."

"소망이가 하늘나라로 갔는데 너희가 왜 교회에 안 다니는지 모르겠다. 너희가 교회에 다니게 인도를 못 한 게 할미의 한이다."

"나중에 갈게요."

나는 할머니가 꺼내 준 카스텔라랑 우유를 먹으면서 앨범을 보았다. 할머니는 사진을 인화해서 정리하는 걸 좋아했다. 소망이가 죽기 얼마 전, 가족끼리 여행을 갔을 때 찍은 사진도 있었다. 소망이의 얼굴을 잊은 건 아니지만, 가끔 사진 속 그 애가 낯설게 느껴졌다. 마지막으로 본 그 애의 얼굴을 떠올려 보려고 애썼지만, 아무리 사진을 들여다보아도 그때의 모습은 그려지지가 않았다.

집으로 가기 싫어서 할머니 방에서 뉴스를 보다가 집으로 올라오니까 엄마와 아빠가 싸우는 소리가 들렸다. 나는 모른 척 방으로 들어갔지만, 온 신경을 밖에서 들리는 소리에 집중했다. 엄마의 날카로운 목소리가 귀에 꽂혔다.

"언제나 내 탓이지."

"그런 말이 아니잖아."

"말 안 해도 난 다 느껴. 내가 애만 봤으면 괜찮았을 거라고 생각하잖아. 우리 둘 다 부모였는데 욕은 나만 먹잖아."

"음식 만드는 거 너무 무리하는 것 같다고 했을 뿐이잖아."

"항상 이런 식이야. 뭘 해도 문제고, 안 해도 문제지. 나는 열심히 산 죄밖에 없어!"

아빠는 침묵하고, 엄마는 소리를 질렀다. 심장이 쪼그라드는 것 같았다가 거세게 뛰기 시작했다. 듣고 싶지 않았지만, 모든 말을 집중해서 듣고 있는 나를 발견했다. 벌을 받는 심정이었다. 엄마 아빠가 하는 말들을 종이에 받아 적어 보았다. 그냥 단어들의 조합일 뿐이라고 생각해 보려 애썼다. 엄마 아빠가 연기를 하고 있는 거라고 상상해 보기도 했다. 아주 화가 난 사람의 배역을 맡았을 뿐이라고.

집이 조용해지고 나서 나는 다시 집 밖으로 나왔다. 자전거를 타고 청계천을 따라 달렸다. 바람이 불어서 땀에 젖은 앞머리가 흔들렸다. 이십 분쯤 달리자 사람도 별로 없고 수풀이 우거진 한적한 산책로가 나왔다. 자전거를 세우고 벤치에 앉았다. 소망이가 생각나면 종종 찾아오는 곳이었다. 여기에 오면 '마녀의 숲'이 떠오르기 때문이다.

이사 오기 전에 살던 곳은 개발이 진행 중인 신도시여서, 아파트 단지를 벗어나면 거짓말처럼 공터가 나타나고는 했다. 부모님들은 우리가 아파트 단지 안에서만 놀기를 바랐지만, 아이들을 유혹하는 건 잡초로 가득한 공터였다. 그중에 아이들이 '마녀의 숲'이라 부르던 공터가 있었다. 마녀의 숲이라고 부르는 이유는 거기에 '마녀'라 불리던 노숙인이 살았기 때문이다. 마녀는 한평생 씻지 않은 듯한 기괴한 행색을 하고 있었고, 주머니에는 늘 구겨진 휴지가 가득했다. 마녀의 숲은 소문이 무성했다. 마녀를 만나면 백만 원을 줘야 풀려날 수 있다거나, 아예 쥐도 새도 모르게 사라진다거나 양손과 양발을 떼어놓고 모두 삶아 버린다고도 했다.

그 공터로 가려면 아파트 단지 입구에서 이차선 도로를 건너야 했다. 차가 거의 지나다니지 않아 횡단보도도 없는 도로였다. 아이들은 거기서 자신의 용기를 시험하고는 했다. 보통은 도로 건너편에서 까치발을 하고 마녀가 지나가는지 살펴보거나, 돌멩이를 무의미하게 도로 건너편으로 던지는 정도였다. 하지만 가끔 용기를 과시하고 싶은 아이들이 도로를 달려서 마녀의 숲을 밟은 다음 전속력으로 뛰어 되돌아오기도 했다.

소망이가 죽은 건 그 도로에서였다. 달리던 트럭은 동생을 보지 못했다.

10

사고가 났던 날, 나는 친구들과 '얼음 땡'을 하고 있었다.

그해 여름에 내가 가장 좋아하던 놀이는 얼음 땡이었다. 우리는 거의 그 게임에 목숨을 걸었다. 더위조차 문제가 되지 않았다. 나는 달리기가 빨랐기 때문에 그걸 믿고 일부러 술래 주변을 맴돌며 게임을 아슬아슬하게 만들고는 했다.

문제는 동생이었다. 그 애가 내 옷자락을 잡고 늘어졌다. 부모님의 일이 끝날 때까지 소망이를 챙기는 것이 나의 임무였다. 열 살이었던 나에게 네 살 어린 동생은 때때로 거추장스러웠다. 나는 동생이 어딘지 덜떨어진 아이 같다고 생각했다. 어린 내 눈에 동생은 귀여운 구석이 없어 데리고 다니기 부끄러웠다. 눈 사이가 살짝 멀고, 콧대는 푹 꺼진 그 투박한 외모는 사실 나와 닮아 있다는 것을 그때는 몰랐다.

나에게 매달린 동생 때문에 나는 민첩하게 움직일 수 없었다. 나는 동생이 내 옷을 잡을 때마다 얼굴에 모래를 뿌려서 쫓아냈다. 몇 번이고 모래를 뿌리자, 어느 순간 동생은 시야에서 완전히 사라지고 없었다.

동생을 다시 발견한 것은 미끄럼틀 위에서였다. 난 얼음 상태로 굳어 있는 상태였다. 게임을 아슬아슬하게 만들려고 미끄럼틀에 올라갔다가 결국 얼음을 외쳐 버리고 말았을 때였다. 한 아이가 미끄럼틀을 거슬러 올라와 나를 구해 주려고 했고, 술래인 아이는 계단에 서서 나를 술래로 만들려고 버티고 있었다. 팽팽하게 맞서던 두 아이는 결국 나를 포기하고 어디론가 가 버렸다. 나는 얼음인 채 혼자 남았다. 사방이 고요해졌고, 거친 숨이 잦아들었다. 바람에 땀이 식는 게 느껴졌다. 마치 게임에서 나만 빠진 듯, 쫓고 쫓기는 아이들의 머리꼭지가 멀리 보였다. 미끄럼틀 위에서는 길 건너 마녀의 숲이 한눈에 들어왔다.

그때 동생이 그곳으로 달려가는 것을 발견했다. 동생은 새끼손가락으로 가릴 수 있을 정도로 멀어진 뒤였다. 달렸다고는 했지만, 멀리서 보기에는 아주 조금씩 움직이는 정도였다. '소망이는 마녀를 무서워하는데, 대체 왜 저기로 가는 걸까?'라고 생각하는 순간, 끽, 하는 소리와 함께 트럭이 도로에 멈춰 섰다. 무슨 일이 일어난 것인지 곧바로 알아차리지 못했다. 그것이 내가 목격한 동생의 마지막이었다.

그 뒤의 일은 잘 기억나지 않는다. 소망이에게 달려갔던 것 같은데 그다음 기억은 병원에서 엄마 아빠와 함께 있던 순간이었다. 엄마는 나를 보자마자 울부짖었다.

"소망이랑 왜 안 있었어! 왜 혼자 둔 거야!"

그러고는 다음 순간, 나를 껴안았다. 마치 내가 죽었다가 다시 살아난 소망이인 것처럼. 그렇게 느껴질 정도로 세게.

나는 소망이의 마지막 순간을 몇백 번, 몇천 번이나 떠올려 보려고 노력했다. 내가 본 건 소망이의 뒷모습뿐이었기에, 그 애가 어떤 표정을 짓고 있었을지 상상해 보려고 애썼다. 상상 속에서 소망이는 서럽게 울고 있거나, 솟아난 용기로 한껏 상기되어 있다. 소망이를 다시 만날 수 있다면 물어보고 싶었다.

왜 마녀의 숲에 가려고 했어? 나 때문에 그랬어?

하지만 대답은 영원히 들을 수 없을 것이다. 모든 게 다 나 때문이다.

D의 자유 시간에 대한 의문은 얼마 뒤에 풀렸다. 나는 가끔 혼자만의 시간이 필요해지면 다니던 학교 주변을 돌아다니고는 했는데, 그곳에서 역시 혼자 있던 D와 마주친 것이다.

"여기서 뭐 하고 있어?"

D의 질문에 나는 어깨를 으쓱해 보였다. 혼자 있는 건 피차 마찬가지였다. D가 나한테 다가왔다.

"내 아지트 구경하러 갈래?"

D를 따라가며 처음 D를 만났던 날을 떠올렸다. 그날도 이렇게 D를 따라갔었다. 그 끝에 홈이 있었다. 이번에 나타난 곳도 집이었다. D가 열쇠로 문을 열며 말했다.

"여기가 우리 집이야. 원래 우리 집."

D의 집은 오래된 주택이었다. 나와 내 친구들은 거의 아파트나 빌라에 살았다. 이렇게 정원이 있는 집에 사는 아이는 처음이었다. 문도 도어

락이 아니라 열쇠로 열어야 했다. 집은 먼지가 쌓여 있었지만 그래도 단정했다. D는 자신의 아지트라며 다락방을 보여 줬다. 좁고 어둡지만, 확실히 아늑한 느낌이 드는 곳이었다. 천장이 지붕 모양으로 기울어져 있었다. 노란빛이 나는 플래시를 켠 D가 말했다.

"종말이 일어났을 때, 나는 여기 혼자 있었어. 그래서 종말이 온 것도 한참 뒤에야 알았어."

"뭐 하고 있었어?"

"그냥, 가만히 있었어. 혼자 있고 싶을 때면 여기에 오거든."

D가 망설이다가 말했다.

"종말이 왔을 때, 기분이 좋지 않았어. 부모님이 심하게 싸우셨거든. 헤어진다는 말까지 했으니까."

홈의 아이들은 가족 이야기를 잘 하지 않았다. 가족 이야기는 우리를 너무 슬프게 만들고, 약해지게 했다. 누군가 가족 이야기를 하면, 결국 모두가 우울해졌다. D는 부모님 이야기를 이어 나갔다.

"아빠가 사업에 실패하면서 빚이 많아졌어. 그 전까지 우리는 평범한 가족이었는데, 그 이후로 모든 게 이상해졌어. 그때 아마, 나는 울고 있었을 거야. 다른 사람 앞에서 우는 거 싫어하는데, 여기 있으면 사람들 눈치는 안 봐도 되니까."

D의 이야기를 들으니까 나도 고백하고 싶어졌다.

"사실 나도 울고 있었어. 우리 부모님은 나를 미워했어. 나 때문에 인생을 망쳤다고 생각했거든."

"왜?"

"나를 갖는 바람에 인생이 너무 바빠지고, 힘들어졌으니까. 나는 두 분한테 별로 보탬이 되는 딸이 아니었던 것 같아. 동생은 귀엽기라도 했는데."

"동생이 있었구나?"

나는 고개를 끄덕였다. 차라리 동생이 살아남았더라면 어땠을까, 그런 생각이 들었다. 그 애는 보이스카우트 출신이었고, 그걸 자랑스럽게 생각했다. 매듭 만드는 법도 알았고 위기 상황에서 살아남는 법도 배웠다. 하지만 이내 아니라는 걸 깨달았다. 동생은 정말 무서울 때는 늘 나의 뒤에 숨곤 했으니까.

"동생이 부러워."

나는 진심을 내뱉어 버렸다. 버려진 건 살아남은 나라는 생각이 들었다. 사라진 사람들끼리 어딘가의 세상에서 살아가고 있는 건 아닐까. 버려지고, 선택받지 못한 것은 남겨진 내가 아닐까, 생각했다.

"너 종말에 대한 연구를 한다며?"

"누가 그래?"

"애들이 그러던데."

D가 재밌는 얘기라는 듯이 웃었다.

"연구는 무슨 연구. 그냥 가만히 생각해 보는 거야. 종말이 왜 일어난 건지, 어떻게 일어난 건지, 그런 것들."

그런 거라면 나도 자주 생각했다. 주로 왜 난 사라지지 않았을까, 어째

서 나만 살았을까, 왜 나만 소외된 걸까, 그런 생각들이었다. 단 한 번도 살아남은 걸 기뻐한 적이 없었다. 하지만 D는 종말에 대해 순수하게 궁금해하는 것처럼 보였다. D는 어디선가 가져온 무드등을 켜면서 말했다.

"종말 할 때 말이야. 어떤 기분일까?"

다락방 천장에 오로라 같은 푸른 빛이 펼쳐졌다. 종말에 대한 이야기를 나누기에는 너무 아름다운 빛이라고 생각하며 말했다.

"자신이 사라진다는 걸 잘 모를 것 같지 않아?"

사람들이 일시 정지한 것처럼 멈춘 채로 사라졌던 종말의 순간이 떠올랐다.

"내 생각엔, 다른 세상으로 옮겨 가는 게 아닌가 싶어."

D의 가설에 나도 모르게 풋, 웃음이 나왔다.

"어떤 세계로?"

"글쎄, 그건 모르지. 어떤 존재가 우리를 다른 차원으로 옮기는 걸 수도 있고."

"이를 테면 신이?"

"신일 수도 있고, 외계인일 수도 있지."

"그런데 우리는 왜 빠뜨렸을까?"

"잘은 모르겠지만 확실한 건 우리가 남겨진 데는 이유가 있다는 거야."

나는 동의하지 않았다. 사람들이 사라진 데 이유가 없듯이 내가 남겨진 것도 별다른 이유가 없다고 생각했다. 이유가 있다고 해도 알아낼 수 없다면, 그건 이유가 없는 것과 마찬가지였다.

하지만 굳이 그런 말은 하지 않았다. D가 생각에 잠겨 있었기 때문이다. D는 마치 내가 없는 것처럼 꽤 오랜 시간을 말없이 앉아 있었다. D에게 그만 나가자고 말하려던 찰나, D는 갑자기 놀라운 사실을 발견한 사람처럼 눈을 크게 떴다. 그리고 다락방이 울릴 정도로 크게 외쳤다.

"눈물이었어!"

11

팔월이 되자 가게 문을 닫고 삼 일간 가족 여행을 가기로 했다. '하계 휴가 8월 2일~4일'이라고 적은 종이를 가게 출입문에 붙이고 길을 나섰다. 휴가철이라서 그런지 차가 막혔다. 아빠와 엄마가 번갈아 가며 운전을 하고, 나와 할머니는 뒷좌석에서 졸다 깨기를 반복했다. 삼촌은 일 때문에 휴가를 못 내서 밤에 합류하기로 했다.

숙소는 삼촌의 회사에서 제공되는 리조트였다. 새 건물이라 쾌적한 데다 방이 세 개나 있었다. 이불이 깨끗하고 포근해서 침대에 누워 핸드폰만 보고 있어도 좋을 것 같았다.

"여기서 제일 어린애가 늑장을 부리니?"

엄마의 성화에 결국 밖으로 나섰다. 엄마의 얼굴이 평소보다는 편안해 보였다. 바다가 보이는 횟집에서 모둠회와 매운탕을 먹고,

인터넷에서 찾은 유명한 맛집에 가서 긴 줄을 기다려 새우튀김도 사 먹었다. 할머니는 남의 식당에 가면 기본 반찬으로 뭘 내오는지, 맛은 어떤지 평가하느라 바빴다. 원재룟값이 얼마나 되고 이익이 얼마나 남을지 추측하면서도 음식을 남기지 않고 깨끗하게 먹었다.

　다음 날 우리는 아침부터 바다에 갔다. 파라솔과 텐트가 빼곡해서 자리를 잡느라 진땀을 뺐다. 바다에 들어간 건 삼촌과 나뿐이었다. 나는 수영을 배워 보겠다고 삼촌을 따라 발이 닿을락 말락 한 곳까지 갔다. 하지만 물을 두어 번 먹고는 포기하고 말았다. 튜브 위에 힘을 빼고 누워 파도에 떠밀려 다녔다. 사실 수영하는 것보다 그쪽이 훨씬 재밌었다.

　나는 튜브를 타고 삼촌한테 다가가 슬쩍 말을 걸었다.

"삼촌, 근데 일하고 온 거 맞아?"

"당연하지. 그런 걸 왜 거짓말을 해."

"사실은 데이트하고 온 거 아니야?"

"아니거든."

　삼촌이 웃었다.

"하루 있을 거 뭐 하러 먼 길을 와."

"삼촌 오는 거 싫어? 섭섭하네."

"아니, 휴가는 애인이랑 가야지 왜 재미없는 가족 여행을 오고 그러냔 말이지."

사실 삼촌이 온 뒤부터 여행이 재밌어졌지만, 괜히 툴툴거렸다.

"가족 여행도 좋거든?"

갑자기 삼촌이 튜브를 뺏으려고 달려들어서, 나는 꽥 소리를 내며 도망갔다.

해가 지자 바비큐 존에서 아빠와 삼촌이 고기를 구웠다. 할머니는 돈이 아깝다며 집에서 싸온 쌀이며 기본 반찬을 식탁에 펼치고 있었다. 나는 고기가 구워지는 동안 모래사장에 가서 아무거나 썼다 지우기를 반복했다. 딱히 도하 생각을 하고 있었던 것도 아닌데 무심코 도하 이름을 썼다가 깜짝 놀라서 발로 모래를 흩트리기도 했다. 내 이름과 소망이의 이름을 썼다가 그것도 지워 버렸다. 엄마의 옆얼굴을 훔쳐보며 그림을 그리다가 엄마가 나를 부르는 바람에 모래사장에서 나와야 했다.

고기를 배 터지게 먹고 삼촌과 나는 소화도 시킬 겸 해안가 산책을 가기로 했다. 삼촌이 갑자기 생각났다는 듯이 물었다.

"참, 시험 본 건 어떻게 되었어?"

"일 등 했어."

"반에서?"

"아니. 전교에서."

전교 일 등이라고 담임 선생님이 나를 따로 불러서 알려 주었을 때도 별다른 기분이 들지 않았다. 으쓱하지도 않았다.

삼촌이 눈을 크게 뜨고 물었다.

"그걸 왜 지금 말해? 엄마 아빠는 아셔?"

"아니. 그게 뭐 중요한가."

"파티 해야지! 왜 얘기 안 했어?"

"얘기하면 뭐가 달라지는 것도 아니고."

엄마 아빠는 내 성적에 별다른 관심이 없었다. 성적표를 보낸다는 문자가 갔을 텐데도 묻지 않았다. 묻지 않으니까 나도 따로 말하지 않았다. 그렇게 지나갔을 뿐이다.

조금 섭섭했던 것 같기도 하다. 하지만 먼저 자랑하듯이 떠벌릴 생각은 없었다. 억지 칭찬을 받고 싶은 생각은 더더욱 없었다.

나는 부드러운 모래 바닥에 발바닥을 문지르며 걸었다. 스무 살이 되고 성인이 돼서 집을 떠나는 상상을 했다. 이런 바닷가 마을에 와서 사는 상상도 했다.

삼촌이 심드렁하게 말하는 나를 물끄러미 봤다.

"희망아, 넌 공부를 왜 열심히 하는 거야?"

"그냥. 아직 살아 있으니까 할 일은 해야지."

우리는 말없이 걸었다. 해안가의 끝에 도달할 때 즈음에야 삼촌이 입을 열었다.

"희망아, 삼촌이 어릴 때 공부를 좀 잘했잖아."

삼촌의 말투에서 잘난 척하는 기색은 느껴지지 않았다.

"알지."

"나는 그냥 열심히 해야 하는 거라고만 생각했거든. 근데 나중에 알고 보니까 내가 칭찬받고, 사랑받고 싶어서 한 거였더라고. 그걸 언제 깨달았는 줄 알아?"

"언제 깨달았는데?"

"칭찬받고 나서 깨달았지. 우리 희망이, 진짜 대견하다."

나는 기쁜 동시에 조금 슬퍼졌다. 삼촌 말대로 나도 사실은 칭찬을 받고 싶었던 걸까. 나도 내 마음을 잘 모르겠다.

삼촌은 씩 웃더니 갑자기 뛰기 시작했다. '늦게 도착하는 사람이 설거지!' 하고 소리치는 소리가 들려서 서둘러 뒤쫓아 갔다.

다음 날 돌아오는 길에는 삼촌 차를 타고 왔다. 삼촌하고 소설 얘기를 하면서 내가 어떻게 주인공들을 죽여 왔는지 신나게 말했다. 내가 무슨 말만 하면 삼촌은 으, 하, 하, 하, 하고 웃었다. 삼촌의 남자 친구도 이 웃음소리를 좋아할까? 문득 궁금해졌다.

"그런데, 그분은 삼촌을 뭐라고 불러?"

"그냥 고요한이라고 부르는데?"

"멋대가리 없네. 성까지 붙여서 부르고."

"난 성까지 불러 주는 걸 좋아해. 요한이라는 이름이 한때 좀 무겁게 느껴졌거든. 하지만 성까지 붙이면 전혀 다른 의미가 되잖아."

무슨 뜻인지 알 것 같았다. 부모는 자신이 바라는 가치를 아이의 이름에 담기 마련이다. 막상 이름 주인의 의견과는 관계없이 말이다.

"나도 내 이름이 싫어. 개명하고 싶어."

"개명 이유를 뭐로 할 건데?"

"옷 교환할 때처럼 단순 변심이라고 하면 안 되나? 어차피 애초에 내가 지은 이름도 아니잖아."

"난 희망이라는 이름 좋은데. 삼촌한테는 희망이 필요해."

"나를 낳았을 때 우리 엄마 아빠한테도 희망이 필요했던 거였겠지. 그게 내가 희망이 된 이유고."

삼촌이 나를 보고 피식 웃으며 말했다.

"일리가 있네."

휴게소에 들러 회오리감자튀김과 핫도그를 사서 한 조각도 남기지 않고 먹었더니 졸음이 몰려왔다.

서울에 진입했다는 내비게이션의 안내 음성이 나온 직후, 삼촌 핸드폰으로 메시지가 왔다. 차가 신호에 걸려 멈췄을 때 메시지를 확인한 삼촌은 눈에 보일 정도로 표정이 굳었다. 뭔가 분위기가 심상치 않다고 느꼈다. 뒤차가 긴 경적으로 신호가 바뀌었음을 알리자, 삼촌은 정신을 차리고 차를 출발시켰다.

"삼촌, 무슨 일 있어?"

"별거 아니야."

하지만 삼촌은 집에 도착할 때까지 내 말에 제대로 대꾸도 하지 못했다.

"희망아, 삼촌이 지금 어딜 좀 가 봐야 해서 먼저 들어가."

집에 도착하자마자 삼촌은 나를 내려 주고 바로 차를 돌려 어딘가로 갔다. 그때만 해도 나는 삼촌에게 어떤 일이 일어났는지 상상도 못 했다.

12

무언가 심상치 않은 일이 있었던 게 분명하다.

여행에서 돌아오고 며칠 뒤부터 집에서 엄마 아빠가 수군거리는 소리가 자주 들렸다. 내가 들어가면 그 소리는 뚝 그쳤다.

나는 집에 들어갈 때마다 집안의 분위기를 살피는 습관이 있었다. 대부분은 고요하다 못해 무거웠고, 어떤 날은 날이 서 있었다. 나는 소망이 일 이후로 집안 공기만으로도 어떤 일이 있었는지 맞힐 수 있게 됐다. 하지만 이 분위기는 낯설었다. 엄마 아빠가 전전긍긍하는 게 느껴졌다.

"다녀왔습니다."

나는 아무것도 눈치채지 못한 것처럼 얌전히 방으로 들어가 일부러 우당탕 소리를 내며 옷을 갈아입는 척했다. 그러고는 문에 바싹 붙어서 밖에서 나는 소리에 귀를 기울였다. 엄마 아빠는 자신들이 생각보다 큰 소리로 말한다는 걸 모르는 듯했다.

"그래서 인터넷에 떴다는 거야?"

"요한이 남자 좋아한다는 거, 당신은 언제부터 알았어?"

"그냥 알았어."

삼촌의 이야기였다. 나만 아는 비밀인 줄 알았는데 괜히 섭섭한 기분이 들었다. 무슨 일이 일어난 건 확실한데 알 방법이 없었다. 어쩐지 가족들이 나에게 필사적으로 감춘다는 느낌이 들었다. 불안한 마음에 삼촌한테 카톡을 보냈다. 서재에 가도 되냐고 물었다. 삼촌의 답장은 오지 않았다. 아무래도 삼촌을 봐야 안심이 될 것 같았다.

가족 중에 삼촌과는 내가 제일 친하다는 자부심이 있어서인지 자존심이 상했다. 나만 철저히 소외되어 있는 것 같았다. 하지만 티 낼 분위기가 아니라는 것쯤은 알고 있었다. 그냥 이렇게 지나가는 일인 걸까. 언젠가 느껴 본 적이 있는 답답함이 자꾸만 느껴졌다. 소망이의 이야기를 할 수 없는 식탁에서의 기분이었다.

도저히 집에 있기 힘들어 가게에 갔더니 할머니가 방금 찐 옥수수를 건네주셨다.

"한 봉지는 너희 집에 가져가고 한 봉지는 삼촌한테 갖다줘라."

나만큼이나 이 사건에서 완벽하게 배제된 사람이 또 한 명 있었다. 바로 할머니였다. 나는 할머니가 건넨 김이 나는 옥수수를 받아들었다. 삼촌에게 갈 핑계가 생긴 나는 한걸음에 삼 층으로 올라갔다.

"삼촌!"

반응이 없어서 현관문에 귀를 갖다대 보았다. 미세하게 소리가 들리는 것 같았다. 이윽고 삼촌이 문을 열었다. 떡이 진 머리, 풀린 눈, 삼촌의 이런 모습은 처음이었다. 얼른 방안을 훔쳐봤다. 술병이 보였다.

"삼촌, 할머니가 이거 갖다주라셔. 나 잠깐 들어가도 돼?"

"희망아, 지금 삼촌 방이 좀 지저분해. 다음에 올래?"

어쩔 수 없이 물러났지만 궁금해서 견딜 수가 없었다. 나주 국밥으로 달려가 가마솥을 닦는 아빠에게 물었다.

"아빠, 삼촌한테 무슨 일 있어?"

아빠는 여느 때와 다름없는 얼굴로 말했다.

"아무 일도 없어. 너 무슨 말 들었어?"

나는 고개를 저었다. 아빠한테도 기대할 건 없었다. 결국 궁금한 건 스스로 알아내야 했다. 내가 엿들은 말을 단서로 삼아서 인터넷에 검색해 보기로 했다. '인터넷에 얼마나 퍼진 거야. 다 떴어' '동료라며' '모텔에서' 같은 말들이 생각났기 때문이다.

삼촌의 회사 이름, 동성애, 모텔, 직장인 앱 등 몇 가지 단어를 조합해서 검색하다 보니까 비슷한 제목의 기사가 주루룩 떴다.

'결혼 앞둔 L그룹 직원, 알고 보니 동성애자?'

기사를 클릭할 때 나도 모르게 손이 떨렸다. 기껏 찾아 놓고는 보지 말까, 하는 생각도 들었다. 하지만 이내 별일이 아닐 수도 있으니까 차라리 빨리 보기로 마음먹었다. 나는 가끔 쓸데없이 불안해하고는 했으니까.

게시글 속에는 얼굴이 모자이크 처리된 두 사람이 건물에서 손을 잡고 나오는 사진이 있었다. 건물 간판에 '모텔'이라는 붉은 글씨가 선명했다.

얼굴은 가려져 있었지만, 실루엣이나 옷은 전부 보였다. 체크무늬 남방과 검은색 바지를 입은 사람이 삼촌이라는 걸 알아차리는 데 오랜 시간이 걸리지 않았다. 삼촌이 키스하는 모습을 본 그날의 옷이었기 때문이다.

지난 7일 한 직장인 익명 앱에 'L사 XX팀 불륜 현장'이라는 제목의 글이 올라왔다.

해당 게시글에는 남자 두 명이 모텔에서 다정하게 어깨를 감싸고 나오는 사진이 첨부되어 있다. 글쓴이는 본인이 두 사람 중 한 명의 연인이며, 결혼을 약속한 사이라고 밝혀 충격을 더하고 있다. 글쓴이는 '남자 친구가 동성애자인 것에 큰 충격을 받았다'고 하소연했다.

두 사람의 얼굴이 모자이크 처리가 되어 있으나, 옷이나 체격 등을 통해 해당 인물이 누구인지 알아볼 수 있고, 소속 부서 등 신상 정보를 노출하기까지 해 해당 게시글이 '인권 침해 요소가 있다'는 지적도 일고 있다.

글쓴이는 신분을 밝히지 않았으나, 해당 회사의 직원만 글을 올릴 수 있는 애플리케이션 특성상 같은 회사 직원일 것으로 추정된다.

댓글 창에는 꽤 많은 댓글이 등록돼 있었다. 대부분은 글을 올린 사람을 동정하고 삼촌과 삼촌의 남자 친구를 조롱하는 댓글이었다. 가끔 성 소수자에 대한 폭력이다, 개인적인 일로 공개적인 모욕을 당하는 건 너무하다는 댓글도 눈에 들어왔다. 어떤 댓글은 노골적인 욕을 했는지 강제로 삭제되어 있기도 했다. 댓글을 보는데 가슴이 찢어지는 것 같았다. 그저 글씨들이 쓰여 있을 뿐인데, 칼이나 창 같은 무기들이 내 몸을 왔다 갔다 하는 느낌이 들었다.

'우리 삼촌은 이런 얘기를 들을 만한 사람이 아니야.'

나는 소리를 지르고 싶었다.

댓글들이 자꾸 생각나서 잠을 설쳤다. 늦은 시간에 겨우 잠들었는데도 아침 일찍 눈이 떠졌다. 삼촌의 출근 시간에 괜히 계단에 앉아 있다가 삼촌이 나오는 소리가 들려서 얼른 내려가 보았다.

"삼촌, 출근해?"

"응. 왜 이렇게 일찍 일어났어?"

"약속이 있어서."

삼촌은 피곤해 보였고 조금 마른 것도 같았지만, 그래도 어제 봤을 때보다 말끔한 모습이었다. 우리는 같이 계단을 내려갔다. 삼촌이 물었다.

"어디로 가는데? 같은 방향이면 데려다줄까?"

"아니야. 근처야."

필사적으로 삼촌이 괜찮다는, 아무 일도 아니라는 증거를 찾고 싶었다. 삼촌이 한 번만 웃어 주면 마음이 편해질 것 같았다.

"삼촌, 그나저나 오늘 아주 고요하네!"

내가 우렁차게 외쳤다. 내가 이렇게 말하면 삼촌은 늘 '넌 오늘도 희망차고!' 하며 대답하는데 오늘은 미소만 지었다. 옅은 미소였지만 조금은 마음이 놓였다. 별일 없을 거라고, 그렇게 믿고 싶었다.

13

지수가 우리 집에 놀러 왔다. 방학이 되고 지수가 집 앞으로 학원을 옮기는 바람에 오랜만에 보는 것이었다. 지수는 제주도에 일주일 다녀왔는데 선크림을 제대로 바르지 않아서 일도 화상 수준으로 탔다고 했다.

"매일 알로에를 잔뜩 바르는데도 아직 거뭇해. 자기 전에 감자도 붙여. 감자가 화상에 효과가 있다는 건 처음 알았어."

지수가 볼멘소리를 했다. 목덜미에 군데군데 껍질이 벗겨진 데가 보였다.

나는 지수를 데리고 나주 국밥에 갔다. 지수는 할머니한테 천연덕스럽게 안녕하세요오, 더운데 고생 많으시죠오, 하고 인사했다.

"희망이 친구구나. 국밥 한 그릇 줄까?"

"네, 주세요! 잘 먹겠습니다."

씩씩하게 대답하고 자리에 앉은 지수가 귓속말로 말했다.

"여전히 홀리하네."

지수의 시선 끝에는 '여기 오는 모든 이들에게 주님의 축복을'이라고 쓰인 액자가 있었다. 나는 지수에게 몇 년 전 할머니가 식당 이름을 '임마누엘 식당'으로 바꾸고 싶어 하셨는데, 동네 장사하는데 이름 함부로 바꾸면 손해 본다고 아빠가 말려서 포기했다는 이야기를 들려줬다.

아빠가 국밥과 함께 수육을 갖다주며 말했다.

"희망이 친구지? 많이 먹어."

"와, 아버님. 정말 감사합니다."

아저씨가 아니라 아버님이라니, 과장되게 어른스러운 말투에 나는 웃음이 터져 버렸다.

"혹시 궁금해하실까 봐 말씀드리자면, 희망이는 학교에서 아주 잘 지내고 있어요. 이번 기말에서 일 등도 하고 아주 선생님들의 기대가 크답니다."

"뭐냐, 가정 방문이야?"

"일 등 했다고?"

아빠는 당황한 얼굴로 나를 보았다.

"근데 왜 얘기 안 했어?"

"물어본 적도 없잖아."

나는 어깨를 으쓱하고 말았다.

할머니가 국밥과 수육으로도 부족했는지, 후식용 요구르트를
한 줄씩이나 안겨 주었다.

"너 이거 다 파는 거야. 알고 먹는 거야?"

내 말에 지수는 두 손을 배꼽에 모으더니 구십 도로 할머니랑
아빠에게 인사를 했다.

"정말 정말 맛있게 잘 먹었습니다."

할머니가 나를 타박하듯 말했다.

"우리 희망이 친구는 무조건 공짜니까 아무 때나 와서 실컷 먹
어라."

"할머니, 돈 안 받으실 줄 알고 제가 이거 가져왔어요오. 이거
식사하시고 입 심심할 때 드세요!"

지수는 가방에서 제주도 감귤 초콜렛을 세 박스 꺼냈다. 할머니
는 지수가 귀여운지 어이구, 고마워라, 하고 웃었다.

"근데 우리 지수는 교회 다니니?"

"할머니, 우리 이제 가야 해요!"

나는 얼른 지수의 팔을 잡아당겼다. 교회 가라는 할머니의 설교가 한번 시작되면 꼼짝없이 삼십 분은 묶여 있어야 했다. 지수는 끝까지 '조만간 또 오겠습니다!' 하고 너스레를 떨었다.

소화도 시킬 겸 골목길을 좀 걸었다. 지수는 '와, 여기 서울의 역사가 살아있네!'라며 감탄하더니 물었다.

"아까 그 가게 너희 거야?"

"정확히는 할머니 거지."

"너희 집도 할머니 거고?"

"응. 이 건물 전체가 다."

"대박. 난 너 되게 가난한 앤 줄 알았어."

"왜?"

"네 가방 좀 봐봐."

지수는 여기저기 떨어지고 배지가 수십 개 붙어 있는 내 가방을 가리켰다.

"가방은 너덜거리지, 운동화 같은 것도 잘 안 사고, 스마트폰 새 기종 나와도 관심도 없잖아. 근데 또 먹는 거에는 돈을 안 아낀단 말이지. 그래서 좀 헷갈렸는데 알고 보니 건물주의 손녀였네."

"나 그렇게 부자 아냐. 그리고 내 돈도 아니잖아. 엄마 아빠 돈도 아니고."

"일 등 한 것도 왜 말을 안 해? 난 자랑하고 난리 났을 텐데. 뭐 사달라고 하고."

"물어보지도 않았는데 뭐."

아무도 내 성적에 관심이 없었다. 아빠는 일하느라 늘 바빴다. 아빠는 종일 국밥만 만들더니 국밥처럼 속을 알 수 없는 사람이 되었다. 그에 반해 엄마는 극단적이었다. 갑자기 몰아치듯이 나에게 관심을 표현하다가도 어느 지점을 넘어서면 아무런 관심도 없는 것처럼 굴었다. 어느 쪽도 딱히 좋지는 않았다.

어차피 칭찬받으려고 공부를 하는 것도 아니었다. 매일이 벌을 받는 기분에 가까웠다. 벌을 받는 심정으로 학교에 가서 숙제를 하고 이를 닦고 잠이 들었다. 숙제는 단 한 번도 도움을 받은 적이 없었고, 성적을 잘 받아도 자랑한 적이 없었다. 그것 또한 벌 받는 것의 일종이었다. 잘한 일을 자랑하면 안 된다고 생각했다. 내가 왜 그러는지는 나도 잘 모르겠다.

"그럼 아무한테도 얘기 안 했어?"

"삼촌한테는 했어."

"하여튼 삼촌 되게 좋아한다니까."

성적이 잘 나왔냐고 물어본 게 삼촌뿐이었다. 내가 도하와 멀어진 것도, 기분이 안 좋을 때 서재에 간다는 걸 아는 것도 삼촌뿐이었다. 삼촌이 요란하게 축하해 주었으니 더 바랄 게 없었다.

"하긴, 너희 삼촌이 좀 멋있긴 하지."

그럼 그럼, 멋있지. 나는 속으로만 말했다. 그 멋있는 삼촌은 여행 중이다. 며칠이 지나지 않아 삼촌 사건은 인터넷에서 잠잠해졌고, 가족들도 더 이상 신경 쓰지 않는 것 같았지만, 삼촌은 불현듯 혼자 여행을 가겠다고 했다. 하루 휴가를 내기도 힘들다던 삼촌은 일주일째 돌아오지 않고 있다.

지수와 나는 집에 가자마자 에어컨을 켜고 요구르트를 다섯 개 연속으로 마신 뒤, 얼음 넣은 콜라까지 마셨다. 지수가 내 침대에 철퍼덕 누우며 말했다.

"더워 미치겠다. 작년에도 이랬냐?"

"지구가 망해 가서 그래."

"너 추울 때도 그 이야기했는데."

"맞아. 그것도 지구가 망해 가서 그런 거야. 지구 온난화가 심해지니까 균형이 무너진 거지."

얼음을 와그작 깨물고는 말했다. 지수는 이미 핸드폰을 보느라 내 얘기는 듣지 않는 것 같았다.

"그나저나 걔네들 요새 뜨더라?"

지수가 좋아하는 그룹은 갑자기 인기를 끌기 시작했다. 앨범 두 개까지는 망하다시피 했는데 어느 예능 프로그램에서 활약을 하더니 세 번째 앨범 신곡은 나오자마자 일 위를 했다. 요새는 갑자기 광고도 찍고 예전에 묻혔던 노래들까지 주목받고 있었다.

"응. 결국 내 눈이 정확했다는 거지."

지수는 이렇게 될 걸 알고 있다는 듯 심드렁했다.

"좋아할 줄 알았더니 예상보다 좀 차분하다?"

"그게 사람 마음이 참 이상해. 막상 남들도 다 알아보니까 섭섭한 거 있지?"

지수의 말이 황당하기도 하고 이해가 되기도 했다. 사람 마음은 참 이상한 것 같다.

"너도 이도하 보면 내 맘 알 것 같지 않냐?"

지수가 눈썹을 찡긋거리며 말했다. 나는 알아들었지만 무슨 소리냐는 듯이 지수를 보았다.

"나만 알아보는 것 같았는데 남들도 알아보면, 괜히 분하지 않냐고."

가끔 지수는 이렇게 예리할 때가 있었다. 며칠 동안 내가 느낀 기분을 한마디로 정리했다. 나는 분했던 것이다.

"확실한 건 아닌데, 도하가 세연이랑 헤어졌다는 얘기가 있어."

"왜?"

"막상 만나 보니까 별로였나 보지. 세연이가 찼대. 소문에 세연이가 일 반 이승균이랑 사귄대. 게임 방송 하는 애."

허무할 정도로 빨리 끝난 연애였다. 지수는 연극적인 말투로 말했다.

"흠, 이렇게 고희망에게 새로운 기회가 주어지나요?"

"뭐라는 거야."

"미드 보면 말이야. 파티에서 나가는 두 사람이 사귀는 게 룰이야."

"뭔 소리?"

"네 소설에서 둘만의 아지트 생겼잖아."

지수가 의미심장하게 말했다. 하지만 내 마음은 더 차갑게 식는 느낌이었다. 도하는 삼 월에는 나한테 사귀자고 했으면서 몇 달 만에 세연이와 사귀게 되었고, 세연이는 도하한테 반한 것처럼 굴더니 금세 다른 사람이 좋아졌다고 했다. 삼촌의 남자 친구는 알고 보니 결혼할 여자가 있었다. 사람의 마음이 다 거짓인 것 같았다.

도하가 세연이와 헤어졌다고 해서 달라질 건 없었다. 도하와 얼굴을 볼 일도 거의 없을 뿐더러, 우리가 사귈 것도 아니었기 때문이다. 예전에는 도하와 있을 때 뭘 하면서 그 많은 시간을 보냈는지 기억이 나지 않았다. 문득 도하는 방학을 어떻게 보내고 있는지 궁금했다.

지수가 돌아간 뒤 소설을 쓰려고 노트북을 펼쳤다. 그동안 쓴 내용을 읽어 보는데 종말이 온 세상에서 살아 보려고 애쓰는 주인공들이 새삼 측은하게 느껴졌다.

"눈물. 눈물이었어!"

"뭐가?"

"살아남은 아이들의 공통점 말이야."

"모두 울고 있었어. 넌 부모님한테 혼나면서 울고 있었다고 했지. 나는 다락방에서 울고 있었어. J는 콘서트장에서, Q는 골목길에서 맞으면서 울고 있었어."

D는 가방 속에서 노트를 꺼냈다.

"이것 봐. 여기도, 그리고 여기도."

D는 노트를 뒤적이며 '울고 있었다'는 표현에 손가락을 짚었다. D는 대단한 발견을 한 사람처럼 흥분한 모습이었다.

D와 나는 홈의 아이들과도 눈물에 대한 이야기를 나누었다. 아이들은 종말의 순간에 모두 울고 있었다는 사실을 기억해 냈다. 억울해서, 화가 나서, 기뻐서, 흥분해서. 다양한 이유로 아이들은 울고 있었다. T라는 아이가 말했다.

"그런데 종말이랑 눈물이 무슨 관계가 있지? 눈물에 백신 성분이라도 있나?"

아이들은 조용해졌다. 우리가 울고 있었다는 사실을 알아냈다고는 해도, 당장 바뀌는 건 없었다. 확실한 것은 눈물이 우리를 살렸다는 사실뿐이었다. D가 아쉽다는 듯이 말했다.

"생존자들의 이야기를 더 들어 볼 수 있으면 좋을 텐데."

시간은 계속해서 흘렀다. 꾸준히 쪽지를 돌린 효과가 있었는지 이제 홈의 아이들은 열네 명이 되었다. 새로운 집을 찾아보자는 의견도 나왔다.

어차피 빈집은 넘쳐났다. 아이들은 각자의 아지트를 만들어서 혼자만의 시간을 보내거나 혼자 자러 가기도 했다. 하지만 날이 추워지자 아이들은 온기가 필요한 동물들처럼 홈으로 되돌아왔다.

종말 이후 처음 찾아온 겨울은 혹독했다. 전기를 쓸 수 없는 도시에서 몸을 덥힐 수 있는 건 한정적이었다. 홈의 아이들은 백화점에서 가져온 보드랍고 따뜻한 이불을 수 겹씩 덮었다. 오리털 이불, 거위 털 이불, 극세사 이불 같은 걸 몇 개씩 덮고 잤다. 그래도 해소되지 않는 추위가 있었다.

그럴 때면 나는 J와 서로를 껴안고 잤다. 이불로는 해결되지 않는 추위가 서로의 체온으로 사그라들고는 했다. 잠이 오지 않는 날이면 우리는 이불을 머리끝까지 덮어쓴 채로 이야기를 했다.

"D는 아직도 눈물에 집착하고 있어?"

J의 질문에 나는 한숨을 쉬었다. 우리가 눈물에 대해 알아냈다고 해서 상황이 달라지는 건 없었다. 다만, D는 발견 이후로 꿈을 좇는 아이처럼 자기만의 세상에 빠져 있었다. 갑자기 어딘가로 떠나 버릴 것 같은 기분이 들기도 했다. J가 나를 보며 말했다.

"너, D를 좋아하지?"

"무슨 소리야?"

"항상 D가 어디 있는지 찾잖아. D가 있을 때도 계속 그 애를 보고 있고. 그게 좋아하는 거지, 뭐겠어."

J가 킥킥거리면서 웃었다. 내가 뭐라고 반박하기도 전에 J가 화제를

돌렸다.

"새로 온 S 있잖아. 걔한테 들었는데, 종말이 완전히 끝난 게 아니래."

"그게 무슨 말이야?"

"걔도 우연히 들었는데, 살아남은 아이들도 가끔 사라지는 일이 있대. 누가 봤대."

아이들은 종말을 두고 수많은 추측을 했다. 노아의 방주처럼 선택받은 사람만 살아남을 거라고 믿는 아이도 있고, 사실 종말을 맞은 건 우리고 사라진 사람들이 생존자라고 생각하는 아이도 있었다. 종말이 아직 끝난 게 아니라는 이번 소문은 다른 것들과 달리 반가웠다.

"그럼 나도 종말 하면 좋겠다."

진심이 툭, 나와 버렸다.

"H, 넌 절대 종말 하지 않아. 난 알 수 있어."

"그걸 네가 어떻게 알아."

"사실 학교에서 널 본 적이 있어. 체육대회 때 너희 반하고 피구 했거든. 난 오 반이었어."

"기억나. 피구 하기 정말 싫었는데."

"그래도 너 끝까지 살아남았잖아."

"잘해서가 아니라, 잘 피해서."

"그것도 능력이지. 종말도 그렇게 잘 피하다 보면 살아남지 않을까?"

피구를 할 때마다 나는 종종 왜 이런 게임을 하는지 이해할 수 없었다. 대중없이 날아오는 공을 피하다 보면 벌을 받는 기분이었다. 주어진

벌을 다 받아야 게임이 끝났다. 나는 지금 이 상황도 벌을 받는 거라고 생각하기로 했다. 공을 다 피해야 다음 게임을 할 수 있듯이, 하루를 겨우 버티면 다음 하루가 주어지는 것이다.

14

삼촌은 열흘 만에 돌아왔다.

삼촌이 줄 게 있다고 해서 삼촌 방으로 갔다. 삼촌은 얼굴이 많이 탔고 말라 있었다. 수염을 깎지 않아서 턱이 거뭇했다. 수염을 기른 모습은 처음이었다. 하지만 그 모습이 더 건강해 보였다.

"삼촌, 무인도 갔다 왔어?"

삼촌이 으, 하, 하, 하, 하고 웃었다. 그래, 이 웃음소리지.

"여행은 재밌었어?"

"별이 멋지더라고."

삼촌은 여기저기 돌아다니다가 마지막에 천문대를 들렀다고 했다. 도시에서는 밤에도 밝은 빛 때문에 별을 볼 수 없는데, 거기는 빛이 없어서 별이 잘 보인다고 했다. 특히 은하수를 볼 수 있는 곳은 찾기 힘든데, 날씨 운이 좋으면 거기서는 볼 수 있다는 게 삼촌의 설명이었다.

"아 맞다, 선물."

삼촌은 돌덩이처럼 묵직해 보이는 가방을 뒤지기 시작했다. 책 몇 권과 바람막이 같은 게 떨어지면서 무지개가 그려진 팸플릿이 툭, 딸려나왔다. 표지에는 '퀴어 페스티벌'이라고 적혀 있었다. 여섯 빛깔 무지개가 성 소수자의 상징인 것 정도는 나도 알고 있었다. 나는 팸플릿을 집어 들었다.

"퀴어 페스티벌? 삼촌 이거 갈 거야?"

"아니. 그냥 누가 준 거야."

"누가?"

"그냥 누가 줬어. 우연히 만난 사람이."

삼촌의 성의 없는 대답에 마음이 상했다. 나도 모르게 입을 삐죽거렸다. 삼촌은 내 마음을 알아챈 듯했다.

"사실 이번 여행 친구들하고 간 거야. 삼촌이랑 비슷한 친구들."

나는 조심스럽게 물었다.

"남자 친구도 같이?"

"음, 그 사람하고는 이제 더 이상 안 만나."

'그 사람'이 삼촌이 만났던 사람일 것이다. 사진에 함께 모자이크가 되어 있던 사람 말이다.

삼촌의 말에 나는 무슨 말을 해야 할지 몰라서 아무 반응도 하지 못했다. 삼촌은 옅은 미소를 띠고 말했다.

"여행 정말 좋았어. 삼촌은 괜찮아. 그러니까 너무 걱정하지 마."

삼촌은 가방 앞주머니에서 작은 상자를 꺼내며 '찾았다!' 하고 소

리쳤다. 상자에서 나온 건 스노우볼이었다. 하지만 눈 대신 다른
게 들어 있었다. 밤하늘처럼 까만 구슬을 흔들자 반짝이는 가루가
잔뜩 떠다녔다.

"밤하늘에 별이 쏟아지는 것 같지?"

"예쁘다. 고마워, 삼촌."

나는 밤하늘을 껴안고 내 방으로 돌아왔다.

인터넷으로 행사에 대해서 찾아보았다. 행사는 두 번에 걸쳐 개
최되었다. 첫 번째는 프리 페스티벌인데, 일주일 뒤에 열렸다. 삼
주 뒤에 열리는 본 페스티벌이 메인인 듯했다. 전국에서 사람들이
많이 올라오는 모양이었다. 삼촌하고 상관없이 한번 가 보고 싶었
다. 동성애자만의 축제가 아니라 모두의 축제라고 했으니까, 분위
기만 보는 건 상관없을 것 같았다. 프리 페스티벌은 상수동에서, 본
페스티벌은 광화문에서 열렸다. 둘 다 집에서도 버스나 지하철을
타면 삼십 분 만에 도착할 수 있었다.

15

한 것도 없는데 방학이 절반이나 지나갔다는 게 믿기지 않았다.
세연이와 헤어졌다는 얘기를 듣자마자 거짓말처럼 도하를 자주
보게 되었다. 불쑥 놀러 온 도하와 게임을 하다가 지겨워져서 아

이스크림을 물고 골목길을 돌아다녔다. 도하가 불쑥 물었다.

"삼촌 괜찮으셔?"

"어떻게 알았어?"

"그냥 어른들이 얘기하는 거 우연히 들었어."

역시 어른들은 부주의했다. 소문내기만 좋아하고, 아이들은 아무것도 못 듣고 아무것도 모르는 줄 안다. 도하에게 물었다.

"놀랐어?"

"응, 좀."

"너 동성애에 거부감 있어?"

"동성애에 대해서 생각해 본 적은 없는데, 난 그냥 요한 삼촌이 좋아."

"뭐, 요한 삼촌을 아는 사람들은 다 삼촌을 좋아한다고."

도하의 뻔한 대답에 나는 괜히 삐죽거렸다. 도하는 사랑이 뭐라고 생각할까? 그런 진지한 이야기는 나눠 본 적이 없었다.

그래도 도하와 얘기했더니 마음이 편해졌다. 나는 삼촌의 남자 친구를 우연히 본 얘기도 도하에게 해 줬다. 둘이 키스하고 있었다는 얘기는 생략했다. 그동안 각자에게 있었던 일을 이야기하느라 입이 쉴 새가 없었다. 도하는 세연이 얘기를 하지 않았다. 결국 내가 먼저 물었다.

"너 세연이한테 차였다며?"

"아닌데. 헤어지자고 한 건 나야."

하지만 세연이가 자기가 찼다고 얘기하고 다니던데, 하고 말하려다가 말았다. 사실 내가 궁금한 건 따로 있었다.

"그때, 엘리베이터가 멈췄을 때 말이야. 둘이 무슨 이야기했어?"

"별 얘기 안 했어. 그냥 무슨 학원 다니는지, 고등학교 어디로 가고 싶은지, 그런 거? 갑자기 불이 꺼졌는데, 내가 핸드폰 플래시를 비춰서 경비 아저씨랑 연락하구. 또 걔가 무서워해서 핸드폰으로 노래도 듣고 그랬어."

나는 어떤 노래를 들었는지, 기분이 어땠는지 시시콜콜 캐묻고 싶었다.

"근데 너 세연이랑 왜 사귀었어?"

"좋아하는 줄 알았어."

"세연이를?"

"응. 대화가 잘 통한다고 생각했어."

도하는 좋아한다는 말을 자연스럽게 했다. 배고프다는 얘기를 하듯이 말이다. 하지만 그 말을 들은 나는 괜히 어색해졌다. 급히 화제를 돌리며 물었다.

"너 여기 지나갈 때 삥 뜯긴 거 기억나?"

육 학년 때 우리는 중학생들한테 돈을 뜯긴 적이 있다. 골목이 주택가에서도 좀 떨어져 있고 구불구불해서 어느 쪽에서 봐도 눈에 안 띄는 사각지대가 많았다.

우리는 그때 새로 생긴 가게에 돈가스를 먹으러 가는 길이었다.

둘 다 돈가스를 좋아했고, 부모님한테 용돈도 받았던 터라 기분이 무척 좋았었다. 굽어진 골목길에 서 있던 교복을 입은 중학생 언니 두 명이 우리를 부르기 전까지는 그랬다.

"야, 너희 이리 좀 와 봐."

나른하고 잔뜩 늘어진 목소리였다. 우리는 순순히 따라갔다. 그들은 우리를 아는 것처럼 말했는데, 듣기에 따라서는 다정하게 들리기도 했다. 그 언니들이 우리를 한적한 곳의 코너로 몰았다. 한 블록만 가면 슈퍼가 있고 소리를 지르면 아저씨가 나올 수도 있다는 걸 알았지만 몸이 움직이지 않았다.

"야, 애가 네 동생이냐?"

키가 큰 언니가 나에게 물었다. 대답은 도하가 했다.

"아닌데요. 친구데요."

언니들이 피식 웃으면서 말했다.

"아님 됐고. 돈 가진 거 있으면 내놔 봐."

"너희 털어서 더 나오면 맞는다."

용돈은 지갑 안에 있었다. 나는 괜히 앞주머니에 들어 있던 동전 몇 개를 내밀었다.

"그게 다야?"

나는 고개를 끄덕였다. 언니가 내 필통을 꺼내서 뒤적거리다가 펜을 모조리 떨어뜨렸다. 그러다 결국 우리 둘 다 가방까지 뺏기는 바람에 안에 있는 돈도 다 빼앗기고 말았다.

걸어오는 길에 나는 침울해져서 결국 홀쩍홀쩍 울었다. 분해서 견딜 수가 없었다. 돈을 뺏긴 것도 화가 났고, 좋았던 기분을 망친 것도 속상했다. 소리를 지를걸, 슈퍼마켓을 향해 냅다 달릴걸 하고 후회도 했다. 중학생 언니들로부터 충분히 멀어졌을 때, 도하가 내 손을 잡았다.

"눈 감고 손 내밀어 봐."

내가 찌푸린 채로 눈을 감자 도하가 뭔가를 손 위에 올려놨다.

"이제 눈 떠도 돼."

분홍색 지갑이 눈앞에 놓여 있었다.

"그 누나 거야. 주머니에 반쯤 걸쳐져 있더라고."

안에는 학생증과 이만 오천 원이 들어 있었다. 도하는 방금 겪은 일을 다 잊은 것처럼 천진난만한 표정으로 말했다.

"돈가스 먹으러 가자!"

그날 우리는 돈가스도 먹고 베스킨라빈스 아이스크림까지 사 먹었다.

문득 나에게 지갑을 내밀던 도하의 모습이 떠올랐다. 누군가 괴롭혀도 괴롭혀지지 않는 단단한 무언가가 도하에게는 있었다. 나는 그렇지 않았다. 나는 지갑을 뺏길 때 느꼈던 모멸감이 얼룩처럼 남았다. 그래서 학생증에 적힌 이름을 기억해 두었다가 첫 번째 소설에서 가장 비참한 방식으로 죽이는 걸로 복수했다. 나는 궁금한 걸 툭 내뱉었다.

"세연이한테 왜 헤어지자고 했어?"

도하가 고민하는 듯 꿈지럭대다가 대답했다.

"같이 있을 때 그렇게 좋지가 않았어. 편하지도 않고."

나는 생각에 잠겼다. 좋아한다는 게 뭔지, 어떻게 자신의 마음을 정확하게 알아차리는지 도하에게 물어보고 싶었다. 그리고 아직도 나와 사귀고 싶은 건지, 그런 질문들을 나는 맨밥을 먹듯이 꿀꺽 속으로 삼켰다.

16

솔직히 퀴어 페스티벌에 꼭 가야겠다는 생각은 없었다. 우연히 알게 된 행사였고, 거기서 뭘 보겠다는 생각도 없었다. 누구에게 같이 가자고 할 수도 없었다. 내 또래를 위한 행사도 아니었다. 삼촌이 아니었다면 이런 행사가 열리는지도 몰랐을 것이다.

만약 오늘 지수나 도하가 전화를 해서 만나자고 하거나, 바쁜 일이 생긴다거나, 하다못해 텔레비전에서 엄청 재밌는 걸 한다거나 하면 가지 않았을 수도 있다. 하지만 그런 일은 하나도 일어나지 않았다. 지루한 일요일 중 하나였다.

게다가 솔직히 궁금했다. 어떤 분위기일지, 거기 오는 사람들은 모두 삼촌 같은 느낌일지, 삼촌과 다른 느낌일지, 어떤 이야기를 할지, 그런 것들이. 멀지도 않으니까 그냥 산책하듯이 가서 분위기만 슬쩍 보고 오자는 마음으로 출발했다.

지하철역에서부터 무지개가 그려진 포스터가 보여서 행사 장소를 찾는 건 어렵지 않았다. 음악이 나오는 방향을 쫓아가자 야외무대가 보였고, 스무 개 정도의 부스가 있었다. 여기저기 무지개 모양 깃발이 펄럭여서 축제 분위기가 났다. 부스를 둘러보는 사람들을 괜히 흘끔거렸다. 대부분은 평범했다. 남자끼리 손을 잡고 있거나, 화려한 원색의 옷을 입은 사람들도 보였다. 특이한 점은 가슴에 뭐라고 적힌 티셔츠를 입은 사람들이 많았다는 것이다. 자기가 새기고 싶은 말을 각자 넣은 것인지, 글씨체는 같아도 멘트는 제각각이었다. 나는 '사랑은 무지갯빛' '나는 내가 좋아' '어쩌라고!' 같은 프린팅 문구들을 흘깃거리며 길을 걸었다.

행사장 맞은편 도로에서는 찬송가가 울려 퍼지고 있었다. 길에서 찬송가를 부르는 기독교인들을 여러 번 본 적이 있지만, 지금은 귀가 아플 정도로 큰 소리로 부른다는 게 달랐다. 페스티벌에서 흘러나오는 노랫소리도 꽤 커서 결국 어떤 소리도 제대로 들을 수 없었다.

나는 행사장에 온 사람이 아니라 여길 그냥 지나가려는 사람처럼 소극적으로 움직였다. 혼자 와서 그런지 어색했다. 멀찍이 떨어져서 부스를 구경했다.

"페이스 페인팅 해 드려요! 사람 없을 때 오세요!"

이 말을 한 언니와 눈이 마주쳤다. 환한 미소에 이끌리듯 부스에 들어갔다.

"무지개 모양으로 할 수 있어요?"

"그럼요! 어디에 해 줄까요?"

나는 얌전히 왼쪽 볼을 들이밀었다. 언니의 쇄골에 그려진 고양이 문신이 눈에 들어왔다. 간지러운 붓놀림이 느껴졌다. 그때 찬송가를 부르던 누군가의 마이크에서 끼이익, 하며 마찰음이 났다. 나도 모르게 얼굴을 찡그렸다.

"하, 저 사람들 진짜."

언니가 투덜거리며 덧칠을 했다.

"왜 저러는 거예요?"

"우리 행사를 방해하려는 거죠. 신경 쓰이는 건 할 수 없지만 그렇다고 기죽을 필요는 없어요."

담담한 설명에 긴장이 풀렸다. 페이스 페인팅 부스에서 나와 적극적으로 부스 여기저기를 구경했다. 대부분 어른들이었지만 중학생이나 고등학생으로 보이는 사람들도 있었고, 청소년 LGBT 부스도 있었다. 상상도 못 해 본 세상에 온 것 같았다.

흘러나오던 노래가 멈추고 누군가 야외무대로 올라왔다.

"안녕하세요, 여러분! 저는 집행위원장이자, 사회를 맡은 바다이라고 합니다."

뽀글뽀글한 파마머리가 어깨까지 오는 남자가 말했다. 무대 앞에 서 있던 사람들이 환호했다.

"제가 지금 올라온 건, 발언대 코너를 진행하기 위해서입니다. 거창할 건 없고요. 하고 싶은데 못 한 말, 못 해서 사리 나올 것 같은 말, 여기서 시원하게 한번 해 보시라고 만든 코너예요."

남자의 말투는 바람처럼 가벼웠다. 뭐 심각할 거 있냐는 듯이. 사람들이 웃었다. 누군가는 휘파람을 불었다.

"그야말로 아무나 나오셔도 됩니다. 그냥 소리만 지르고 싶은 분도 나오세요. 꽥 소리만 지르고 싶을 수도 있잖아요. 그러라고 만든 자리니까요."

사회자의 말에 사람들이 하나둘 나오기 시작했다. 첫 번째로 나온 사람은 사회에서 동성애자들이 겪는 차별이 얼마나 부당한지 십 분이 넘도록 이야기하고 내려갔다.

두 번째 사람은 말이 어떻게 사람을 죽일 수 있는지 열변을 토했다. 아무 생각 없이 던지는 질문들이 누군가의 인생을 '통째로 잘못되었다'라고 생각하게 만든다고 했다. 가끔 가게에 온 손님들이 '넌 왜 동생이 없니, 동생 갖고 싶지?' 하고 물을 때 내가 느끼는 기분도 그랬다. 그 사람들도 별생각 없이 나에게 한 말이라는 걸 알고 있었다. 나도 삼촌에게 빨리 여자 친구나 만들라고 말했었다. 자기 입장이 되어 보지 않으면 모르는 것들투성이였다.

세 번째는 내 또래의 아이였는데, 학교에서의 동성애자 차별에 대해서 이야기했다. 똑 부러지게 얘기하는 모습이 논술을 잘하겠다 싶었다. 네 번째 사람도 말을 잘했다. 여유롭게 사람들을 웃겼다. 다섯 번째 사람은 비교적 횡설수설 자기가 동성애자로서 겪은 얘기를 했다.

열 명 남짓한 사람들이 말을 이어 나갔다. 더 이상 발언자가 나올 기미가 보이지 않자 사회자가 정리하는 멘트를 했다.

"오늘 행사는 이게 마지막입니다. 프리 페스티벌에 와 주셔서 정말 감사하고, 본행사는 더 신날 테니까 그때도 함께해 주세요!"

진행자가 돌아서려고 할 때 갑자기 아래에서 스태프가 손을 흔들었다. 진행자가 황급히 마이크를 다시 잡았다.

"아, 방금 한 분이 발언 기회를 요청하셨습니다. 뭐 바쁜 일도 없는데, 한 분 더 들어 볼까요? 올라오세요!"

사회자의 말이 끝나자 검은색 캡을 눌러쓴 남자가 무대 위로 올라왔다. 계단을 올라가는 실루엣이 멀리서 봐도 묘하게 익숙했다. 무대 한가운데에 선 모습을 정면으로 보자마자 나는 알아챌 수 있었다. 요한 삼촌이었다! 마스크를 쓰고 있고 모자도 눌러썼지만, 못 알아볼 리가 없었다.

"안녕하세요. 제 이름은 고요한입니다. 이런 자리가 처음이라서 무척 떨립니다."

삼촌의 목소리가 떨리고 있었다. 몇몇 사람들이 환호를 보냈다. 삼촌이 말을 이어 나갔다.

"제가 오늘 용기를 내서 올라온 이유는, 제가 얼마 전에 겪은 일 때문입니다. 얼마 전, 저는 인터넷에 허락 없이 찍힌 저와 연인의 사진을 유포 당했습니다."

나는 무대 앞쪽으로 향했다.

"그 뒤 짧은 기간 동안 제 인생이 많이 바뀌었습니다. 사진에 얼굴이 나오지는 않았습니다. 모자이크로 가려져 있었거든요. 그나마 다행이라고 해야 할까요? 애초에 남의 사진을 올리면 안 되는 것이지만 얼굴이라도 가려 주었으니까요. 하지만 주변 사람들은 여러 가지 단서를 통해 저라는 걸 알아냈습니다. 어딜 가나 수군거리는 소리가 들리는 것 같았습니다. 회사 인사팀에서는 다른 팀으로 가라고 하더군요. 제가 하던 업무와는 전혀 관련이 없는 팀이었는데, 한마디로 하고 있던 업무에서 손을 떼라는 뜻이었죠. 덕분에 입사 후 처음으로 일주일이나 휴가를 내고 여행도 했습니다. 그동안, 정말 열심히 일했거든요."

삼촌은 목이 메는지 갑자기 말을 멈췄다. 미세하게 손이 떨리는 게 보였다. 무대에 올라간 삼촌은 작아 보였다. 삼촌은 차분한 사람이었지만 어디에서도 초라해 보였던 적은 없었다. 삼촌은 겨우 다시 말하기 시작했다.

"여행을 하면서 많이 걷고 생각했습니다. 그리고 여러 사람을 만났습니다. 그들 덕분에 퀴어 페스티벌에 올 용기도 냈고요. 자신이 동성애자임을 알리는 걸 '커밍아웃'이라고 하죠. 저는 그동안 벽장 밖으로 나오지 못했어요. 지금 모자이크 안에 갇혀 있는 것처럼요."

삼촌은 잠시 말을 멈추고 숨을 골랐다. 하필 그때, 잠시 쉬는 듯했던 찬송가 부대가 다시 노래를 부르려는지 목을 가다듬기 시작했다. 나는 인상을 찌푸리고 그쪽을 쳐다봤다. 곧, 그쪽에서 흘러나오는 노래가 너무나 익숙한 멜로디라는 걸 깨달았다. 할머니가 육수를 뜰 때나 숟가락 포장을 할 때 늘상 흥얼거리는 노래, 할머니 방에서 늘 흘러나오던 노래, 너무 많이 들어서 의식하지 않아도 따라 부르게 되는 바로 그 노래였다. 삼촌도 노래를 들었는지 말하기를 포기한 사람처럼 망연자실하게 서 있었다. 누군가는 찬송가 소리 때문에 말을 못 한다고 생각했는지 더 큰 목소리로 파이팅을 외쳤다. 삼촌의 눈에 눈물이 고였다. 그 눈물의 의미를 아는 사람은 이 자리에서 나밖에 없을지도 몰랐다.

무대 맨 앞까지 사람들을 헤치고 나갔다. 나도 모르게 몸이 움직였다. 그리고 맨 앞줄로 갔을 때 크게 소리쳤다.

"고요한 파이팅! 삼촌 파이팅!"

삼촌이 나를 못 볼까 봐 자리에서 펄쩍펄쩍 뛰었다. 삼촌과 눈이 마주쳤다. 다른 사람들도 지지의 의미로 파이팅을 외쳤다. 삼촌은 갑자기 마스크를 벗고 모자도 벗었다. 카메라 셔터가 터지는 소리가 들렸다. 삼촌이 차분히 말을 이어나갔다.

"이제는 남들에 의해서가 아니라 제 의지로 모자이크를 지우고 싶습니다. 저는 숨어 있어야 할 만큼 부끄럽지 않습니다. 그리고 누군가에게 조롱받을 만큼 잘못하지도 않았습니다. 그게 제가 여기 올라온 이유입니다. 저는 고요한입니다. 들어 주셔서 감사합니다."

무대에서 내려온 삼촌은 곧장 나에게로 왔다.

"희망아, 어떻게 알고 왔어?"

"나도 삼촌이 진짜로 여기 올 줄 몰랐어."

"나 너무 떨었지? 티 났어?"

"별로 안 났어."

물론 거짓말이었다. 삼촌은 무대 체질은 아닌 것 같았다. 한창 대화를 하고 있는데, 진행을 맡았던 바닥이라는 사람이 다가와 우리에게 인사하며 명함을 건넸다.

"요한 씨, 얘기 잘 들었어요."

바닥도 사람들과 같은 티셔츠를 입고 있었는데, 'Live a Life'라는 문구가 적혀 있었다.

"혹시 본행사에서도 발언대에 오를 생각이 있으면 연락 부탁드려요. 절대 부담 갖지는 말고요. 단지, 요한 씨의 경험을 나눠 주면 누군가한테 큰 힘이 될 거예요."

남자는 나에게도 말을 걸었다.

"삼촌하고 되게 친한가 봐요."

"그런 편이죠."

"좋겠다. 가족 중에 내 편이 단 한 명이라도 있으면 견디기가 쉬워지거든요."

나는 그 말을 곱씹었다. 가족 중에 단 한 명만 있어도 힘이 된다는 말은 꼭 나에게 해당하는 말 같았다. 그동안 유일하게 내 편이 되어 준 사람이 삼촌이었으니까 말이다.

삼촌과 함께 부스를 여러 개 둘러보다가 행사장을 나왔다. 배가 너무 고파서 햄버거집으로 홀린 듯 들어갔다. 둘 다 햄버거를 하나씩 해치우고 나서야 정신이 돌아왔다.

나는 삼촌의 관자놀이를 꾹 누르면서 말했다.

"삼촌, 떨리거나 긴장될 때 여기를 누르면 도움이 된대."

"너도 그 방법 많이 써?"

"가끔."

"넌 언제 떨리는데?"

"가족 소개 같은 거 할 때."

사람들은 왜 처음 만났을 때 가족 소개를 하는 걸까? 누군가 형제가 있냐고 물어볼까 봐 나도 모르게 긴장하고는 했다. 그냥 형제가 없다고 하면 될 텐데, 또 그러면 안 될 것 같은 마음에 망설이고는 했다. 그때마다 관자놀이를 아플 정도로 눌러 댔다.

"내가 무대에 올라갔을 때 말이야. 찬송가가 들렸던 거 기억나?"

"당연하지. 그거 할머니 최애 찬송가잖아."

"응. 그런데 그때 이상한 기분이 들더라고. 얼마 전까지만 해도 나는 저쪽에 있었는데 이제 이쪽으로 넘어왔구나, 싶었어."

삼촌은 교회파니까 그럴 수도 있겠다고 생각했다. 삼촌은 대학생 때 있었던 일을 이야기해 주었다.

"삼촌이 대학교 때 활동하던 기독교 동아리가 있었어. 학교에는 퀴어 동아리도 있었는데, 서로 사이가 좋지 않았어. 한번은 축제 때 퀴어 동아리 플래카드가 갈기갈기 찢어져 있는 거야. 퀴어 동아리에서 CCTV를 돌려서 범인을 찾아냈어. 새벽이라서 어둡고 화질이 선명하지 않았지만, 난 누구인지 한눈에 알아볼 수 있었지."

"삼촌네 동아리 사람들이었구나?"

삼촌이 고개를 끄덕였다.

"우리 동아리 간부 몇 명이었어. 난리가 났지. 퀴어 동아리 애들이 와서 몸싸움을 하는 동안에 나는 그 사람들을 봤어. 퀴어 동아리 사람들. 나와는 아주 먼, 하지만 또 가까운 사람들이었어."

"그래서 삼촌은 어떻게 했어?"

"난 모른 척했어. 그러고는 기독교 동아리에서 나왔어. 사건 직후에 나온 건 아니었지만 서서히 활동을 줄여 갔어. 사람들이 그 사건 때문에 나갔다고 생각하는 게 싫었거든. 거기 있는 모든 사람이 그런 건 아니었어. 좋은 사람들이 많았고, 극히 일부가 한 짓이었지. 하지만 그냥, 버틸 수가 없었어."

삼촌은 문득 쑥스럽다는 듯이 머리를 감싸 쥐었다.

"아무한테도 안 한 말을 조카한테 하네. 희망이 넌, 너무 성숙한 애라서 가끔 네가 중학생이라는 걸 까먹게 된다니까."

"되게 어른인 척하네. 중 이면 클 만큼은 컸다구."

삼촌이 으, 하, 하, 하, 하고 웃었다.

"삼촌, 본행사 때도 무대에 올라갈 거야?"

나는 바닥의 제안을 떠올리며 물었다.

"누군가한테 도움이 된다고 하니까 용기를 내 볼까 싶네."

"나 또 가도 돼?"

"네가 오겠다면 말릴 수는 없지. 오늘 보니까 어린 학생도 무대에 오르던데? 그리고 솔직히 고마웠어. 희망이 네가 응원해 주니까 진짜 힘이 되더라."

얘기를 들으면서 나까지 기분이 좋아졌다. 오랜만에 마음이 가벼워졌다.

17

행사가 끝나고 며칠 뒤, 학원에 다녀왔더니 가게가 소란했다. 할머니가 누군가에게 나가라고 소리를 질러 대는 게 입구 밖에서도 들렸다.

"어디서 헛소문을 씨불여! 기도는 해도 내가 할 테니까 썩 나가!"

할머니는 교회 모임을 같이 하던 한 아줌마에게 소금 바가지를 들이부을 기세였고, 아빠는 그런 할머니를 말리고 있었다.

아줌마가 나가고 나서 할머니는 빈 테이블에 앉아서 숨을 몰아쉬었다. 그래도 분이 안 풀리는 듯 할머니가 허공을 향해 외쳤다.

"여편네가 해괴한 소리를 해. 티끌 하나 잘못된 데가 없는 우리 아들이 그런 죄악을 저질렀을 리가 없지. 내가 걔를 목사로 키우려고 했는데 말이 되는 소리냐!"

아빠가 나에게 집으로 올라가라고 눈짓을 했다.

삼촌한테 알려 줘야 할 것 같았다. 아빠가 이미 연락했을 수도 있지만, 혹시 몰라서 메시지를 보내자 곧바로 답장이 왔다.

삼촌, 할머니가 아신 거 같아.

기사가 떴어.

삼촌이 인터넷 링크를 몇 개 보냈다. 인터넷 기사 사진에 삼촌의 얼굴이 박혀 있었다. 현장에 커다란 카메라로 사진을 찍는 사람들이 있었지만, 주최측이라고 생각했다. 기사가 나갈 수도 있다는 생각은 미처 못 했다.

기사 본문에는 삼촌이 무대에서 했던 말들도 그대로 적혀 있었다. 댓글 창을 대충 훑어봤다.

―저 사람 L사 다니는데, 얼마 전에 모자이크 사진 떠서 회사 뒤집어짐.

―와, L사면 엘리트일 텐데 인생 X됐네.

―조용히 살지, 왜 얼굴을 공개하냐? 관심받는 거 좋아하나?

모두 다 '싫어요'를 누르고 싶었지만 그러기에는 댓글이 너무 많았다. 삼촌이 보낸 또 다른 기사 링크에는 내 얼굴이 크게 나온 사진이 실려 있었다. 사진 속 나는 입을 이상한 네모 모양으로 벌리고 있었다. 아마도 '고요한 파이팅'의 '파'쯤에서 찍힌 듯했다. 기사에는 별다른 내용 없이 '어린 참가자가 응원을 보내고 있다'라고 적혀 있었다. 저때 삼촌에게 집중하느라 누군가가 내 사진을 찍는 줄도 몰랐다.

네 얼굴 사진은 빼 달라고 기자한테 메일 보내 놨어. 신문사에 연락했는데 전화번호는 안 가르쳐 주더라고.

난 상관없어, 삼촌.

삼촌이 너무 화가 나네. 우리 희망이한테 미안하고…….

삼촌이 잘못한 게 아닌데, 뭘. 그보다 할머니는 어떻게 하지?

잘 얘기해 봐야지. 넌 너무 걱정하지 마.

내 얼굴이 실린 기사에도 댓글이 몇 개 달려 있었다. 별다른 기대는 안 했지만, 역시 인상이 찌푸려지는 내용들이었다.

—쟤는 레즈인가? 싹수가 노랗다.

나에 대해 모르면서 성 정체성을 추측하고 미래까지 평가해 버리는 댓글.

—이게 우리나라의 미래? 진짜 걱정이다.

내 행동을 나라의 미래로까지 연결 짓는 댓글.

—되게 못생겼네.

그리고 다짜고짜 얼굴 평가부터 하는 댓글.

나는 기사 화면을 꺼 버렸다. 무시하겠다고 마음먹었지만, 기분이 상하는 건 어쩔 수 없었다. 심리학 책에 이럴 땐 몸을 움직이라고 쓰여 있던 게 떠올랐다. 방 안을 서성이다가 지수에게 전화를 걸었다. 지수는 심드렁한 목소리로 전화를 받았다.

"지금 뭐 해? 나랑 만날 수 있어?"

지수는 중요한 작업을 하고 있으니 집으로 오라고 했다.

지수네 집에 도착했을 때 지수는 보석십자수라는 걸 하고 있었다. 작고 반짝이는 비즈 조각을 색상표에 따라 붙이면, 아이돌의 얼굴이 만들어진다고 했다. 촘촘하게 박힌 알들이 반짝거렸다.

내가 기사를 보여 주자 지수의 눈이 두 배로 커졌다.

"와, 진짜 대박. 역시 잘생기고 여친 없는 남자는 다 게이라더니."

"그런 얘기는 대체 누가 하는데?"

"미드에 나와. 근데 댓글 장난 아니다. 동성애가 남한테 피해 주는 것도 아닌데 왜 이러냐."

"내 얼굴도 나왔어."

지수는 기사에 뜬 내 얼굴을 보고 박장대소했다.

"야, 사진 엄청 웃기게 나왔어!"

내가 말없이 째려보자 그제야 지수는 억지로 튀어나오는 웃음을 꿀꺽 삼켰다. 지수는 내 앞에 보석십자수를 놔 주면서 말했다.

"이거 좀 해 봐. 마음이 아주 편안해져."

지수는 나에게 줄 김치볶음밥을 만든다면서 부산하게 움직였고, 할 게 없던 나는 보석십자수를 했다. 지수 말대로 잡생각이 사라지긴 했다. 잠시나마 인터넷에서 일어난 일 대신 초록색 조각을 맞는 자리에 붙이는 데에만 골몰할 수 있었다. 부엌에서 고소한 기름 냄새가 났다. 문득 종일 아무것도 먹지 않았다는 생각이 들자, 참을 수 없이 배가 고파졌다.

김치볶음밥을 한가득 담아 온 지수가 숟가락을 건넸다. 우리는 쿨피스를 마시면서 김치볶음밥을 퍼 먹었다.

"근데 말야. 너 쫌 멋있다. 사진은 웃기게 나왔지만."

정확히 뭐가 멋있다는 건지도 모르면서 나는 기분이 좋아졌다. 일단 내 편이 있다는 게 기뻤다. 그래서 지수를 찾아왔는지도 모른다. 하지만 지수는 바로 엄한 얼굴을 하면서 나를 꾸짖었다.

"야, 근데 도와줄 거면 똑바로 해야지. 네가 우리 오빠 눈썹 초록색으로 만들고 있거든?"

지수와 실컷 수다를 떨고 돌아오는데, 지수가 메시지를 보냈다.

하, 어떤 미친 새끼가 너 신상 깠어. 얘 누군지 내가 찾아낸다. 캡처도 다 해 놨고, 신고도 이미 넣었어. 근데 블로그 같은 건 없더라. 아마 부계정이겠지. 그래도 내가 찾는다. 찾고 만다 ──.

지수는 곧바로 화면을 캡처한 사진을 보냈다.

—cactus1234 : 얘 ○○중학교 2학년 7반 고희망이라는 앤데, 공부 잘하는 거 믿고 졸라 싸가지 없음. 성 소수자 지지하는 것도 다 컨셉이고, 평소에 빨대 안 쓰고 텀블러 들고 다닌다고 환경 생각하는 척 이미지 관리하는데 알고 보면 주변 친구들 생까고, 여친 있는 남사친한테 일부러 접근하는 거 즐기는 애임.

화가 났다. 내가 성 소수자를 응원하고 텀블러를 가지고 다니는 게 누군가에게 거슬리는 행동이 될 거라고는 생각조차 하지 못했다. 이 사람이 아니더라도 내가 삼촌을 응원한다는 이유만으로, 삼촌이 남자를 좋아한다는 이유만으로 공격하는 수많은 사람들이 있었다. 문득 삼촌이 걱정되었다. 겨우 용기를 가지고 무대에 올랐는데, 또 상처받을까 봐 두려웠다.

'cactus1234'의 댓글 아래에 지수가 단 대댓글이 보였다.

　—idolcare : 나 얘 절친인데 이상한 애 아님. 용감하고 정의로운 애
　　임. 신상 노출한 새끼 내가 찾아내고 만다. 딱 기다려.

날 위해 화를 내 주는 사람이 적어도 둘은 있었다. 지수, 그리고 삼촌. 그러니까 나는 버텨야 했다.

18

며칠 동안 우리 가족은 겉으로는 조용했다. 아무 일도 일어나지 않은 것 같았다. 하지만 분위기는 분명 달랐다.

할머니가 삼촌의 이야기를 소문으로 들은 그날, 삼촌은 할머니와 대화를 나눈 것 같았다. 삼촌이 커밍아웃을 했는지, 어떤 말로

할머니를 설득했는지는 알 수 없다. 내가 아는 것은 삼촌이 할머니 방으로 가서 한참만에 나왔다는 것, 아빠가 가게를 일찍 닫고 삼촌과 가게에서 술을 마셨다는 것 정도였다.

그날부터 할머니는 아빠에게 가게를 맡기고 집에만 계셨다. 할머니는 우리 가족 중 누구보다 건강한 분이셨다. 직원을 고용한 이후에도 새벽부터 가게에 나왔고, 가게를 운영하면서도 교회 모임을 일주일에 세 개나 참석했다. 때로는 열다섯 살인 나보다 건강해 보이기도 했다. 그런 할머니가 생각보다 오래 앓아누워 계셨다. 일요일에 예배를 보러 가지 않은 것도 처음이었다. 일요일마다 교회 사람들로 북적이던 우리 가게도 조용해졌다.

달라진 건 할머니뿐만이 아니었다. 삼촌은 거의 얼굴을 볼 수 없었다. 집이 달라도 같은 건물에 사는 탓에 오고 가며 삼촌을 자주 마주쳤었다. 그런데 요 며칠 삼촌은 없는 사람처럼 조용했다. 회사에 언제 갔다가 돌아오는 건지도 알 수 없었다. 삼촌이 빨리 퇴근하는 날에는 가족끼리 식당에서 저녁을 같이 먹고는 했는데, 그랬던 게 언제가 마지막인지 생각도 나지 않았다.

엄마 아빠는 내가 있는 데서는 삼촌 얘기를 하지 않았다. 나는 고민하다가 한 번씩 삼촌에게 메시지를 보냈다. '오늘 급식에 삼촌이 잘 만드는 시금치 프리타타가 나왔어' '할머니가 오늘은 가게에 잠깐 나오셨어' '나 소설 구독자가 오십 명이 넘었어' 같은 시답지 않은 내용이었다. 내가 메시지를 보내도 삼촌은 예전처럼 곧바로 확인하지 않았다.

거리에서 도희 언니와 한 번 마주쳤는데, 삼촌이 괜찮은지 물으며 안쓰러운 표정을 지었다. 같은 골목에 있는 만물상 할아버지는 '너희 삼촌, 그거라며?' 하고 대놓고 경멸하는 표정을 지었다. 할아버지는 온갖 잡동사니를 가게 밖에 꺼내놓고 팔았고, 우리 집은 할아버지가 파는 물건이라면 웬만하면 거기서 사고는 했다. 큰 마트보다 값이 비쌀지라도 말이다. 나는 앞으로 단 한 개의 물건도 거기서 사지 않으리라 다짐했다.

이런 상황은 익숙하지 않았다. 나는 언제나 고요한의 조카라는 이유로 어깨가 쫙 펴지던 아이였다. 결국 삼촌에 대한 생각은 잠시 접어 두기로 했다. 삼촌 생각이 하기 싫었다는 뜻은 아니다. 그냥 삼촌에게 아무 일도 없었던 것처럼 행동하고 싶었을 뿐이다. 세상 사람들이 다 삼촌 얘기를 하는 것 같아서 오히려 입을 꾹 닫고 싶어졌다.

대신 소설을 연재하는 데 집중하기로 했다. 방학 동안에 끝내려고 했던 계획에 차질이 생기고 있었다. 보는 사람이라야 겨우 한 줌뿐이지만, 마치 중요한 숙제를 미룬 것처럼 찝찝했다.

요 며칠 지수의 집에 자주 놀러 갔다. 노트북을 들고 가서 지수의 책상에서 글도 쓰고, 이야기가 떠오르지 않으면 보석십자수를 하기도 했다.

"전개만 있고 위기, 절정이 없어."

지수는 글을 보더니 굳이 나도 알고 있는 문제점을 지적했다. 나는 지수의 바디필로우에 몸을 기댄 채 그럼 네가 쓰던지, 하고 쏘아붙였다. 물론 지수의 지적이 쓸모없다고 생각한 건 아니었다. 어쨌든 지수는 내가 유일하게 알고 지내는 한줌단의 일원이기 때문이다.

"이번에도 이렇게 다 죽이고 끝낼 건 아니지?"

지수의 입에서 나온 침이 내 이마에 튀었다. 나는 소매로 이마를 닦으며 최대한 심드렁하게 말했다.

"그럴 건데."

"도하도 죽일 거야?"

"당연하지. 종말이란 그런 거니까. 그리고 거기서 이도하가 왜 나와."

솔직히 뜨끔했다. 내가 잘 알고 있는 또래 남자애가 이도하밖에 없어서일까. 자꾸 D를 그 애의 행동으로 묘사하게 되었다. 그게 이도하의 진짜 모습인지, 내가 생각하는 이도하의 모습인지는 모르겠지만.

"홈의 아이들이 새로운 세상을 만드는 건 어때? 네가 사랑하는 도하를 왕으로 만드는 건?"

"왕 같은 거 아무한테도 안 시킬 거야. 그리고 도하 아니거든?"

"혹시나 다 죽고 너랑 도하만 살아남으면 나 진짜 실망한다."

내 말에 아랑곳하지 않고 지수가 주장을 펼쳤다. 문득 이야기가 재밌어지려면 어떻게 해야 하는지 소설 쓰는 법을 설명한 책에서 본 게 떠올랐다.

"중요한 인물 하나가 죽을 때가 된 것 같은데."

나는 지수를 빤히 보았다.

"나 죽인다는 뜻은 아니겠지."

"네가 아니라 J가 죽는 거지."

"와, 완전 재미없겠네. 그나마 내가 매력 있어서 보는 거였는데."

"걍 연재 중단해 버릴까? 어차피 누가 기다리지도 않는데."

나는 자세를 고쳐 앉아 옆에 밀어 두었던 보석십자수를 하기 시작했다. 어느새 잘 알지도 못하는 아이돌 멤버의 얼굴을 거의 다 완성해 가고 있었다. 지수의 방은 사방에 아이돌 사진이나 피규어 같은 걸로 전시되어 있는데, 도무지 멤버들 얼굴을 구분하지 못하는 나를 지수는 매번 신기해했다.

비즈 조각과 씨름하는 나를 보던 지수가 갑자기 심각해졌다.

"그나저나 그 댓글 말이야."

지수는 내 사진 기사에 달린 악플러의 정체를 밝혀내지 못했다며 분해했다. 처음 등록된 댓글은 삭제되었지만, 비슷한 아이디로 같은 댓글이 두어 번 더 올라왔던 것이다. 그걸 보면서 세상에는 남을 괴롭히는 데 부지런해지는 사람이 많다는 생각이 들었다.

"내가 댓글 아이디로 볼 수 있는 정보는 다 봤는데, 글이 다 비공개로 되어 있어."

듣는 사람도 없는데 지수가 목소리를 낮춰 말했다.

"혹시 세연이 아냐? 너 때문에 이도하랑 헤어졌다고 이러는 걸 수도 있잖아?"

나도 그 생각을 하지 않은 건 아니었다. 하지만 세연이라고 단정지을 근거는 없었다.

"그냥 신경 쓰지 마. 그러다 말겠지, 뭐."

내 말에 지수가 김빠진 표정을 지었다.

"너 너무 무심한 거 아냐?"

"넌 너무 신난 거 아냐? 신고 넣었으니까 삭제되겠지."

불만스러운 표정의 지수를 향해 나는 애써 여유 있는 척 웃어 보였다.

지수의 집에서 나오는데, 엘리베이터 앞에서 지수의 부모님과 마주쳤다. 아줌마는 더 놀다 가라고 하셨지만, 나는 실컷 놀았다고 말한 뒤에 허리를 굽혀 인사했다. 두 분은 팔짱을 끼고 계셨고 다정해 보였다. 서로 필요한 말 이외에는 하지 않는 냉랭한 우리집 분위기가 떠올랐다. 엄마와 아빠도 다정했던 때가 있었던가. 생각이 나지 않았다.

꿈에 가족들이 나왔다. 마지막으로 봤던 모습대로, 엄마와 아빠는 화가 나 있었다.

이제 곧 종말이 올 텐데, 우리가 곧 헤어진다고 말해야 하는데 입이 떨어지지 않았다. 종말 때 그랬던 것처럼 나는 울고 있었다. 하지만 우는 이유는 그때와 달랐다. 다가올 종말이 두려워서 눈물이 났다.

　잠에서 깨니 베개가 축축하게 젖어 있었다. J와 각자 종말을 맞은 장소에 가 보기로 약속한 날이라는 게 떠올랐다.

　떠난 이후에 처음 와 본 집은 먼지가 자욱했다. 마지막으로 집에서 나올 때 먹었던 과자 봉지와 통조림 캔이 아무렇게나 나뒹굴고 있었다. 쓰레기를 봉투에 담아 밖에 내놓았다.

　"여기가 네 방이야?"

　J의 목소리를 따라 가 보았다. 침대와 책상, 옷장이 전부인 단조로운 내 방을 J는 신기한 듯이 둘러봤다. J는 책상 위에 놓인 나와 동생의 사진을 보고 있었다. 내가 열 살, 동생이 여섯 살일 때 집 앞 놀이터를 배경으로 찍은 사진이었다. 열 살의 나는 뭐가 불만인지 눈을 찌푸리고 있었다.

　"너무 귀엽다!"

　"그러게."

　"너 말고 동생."

　"쳇, 알아."

　나는 성의 없이 집을 둘러본 뒤 집 밖으로 나왔다. 홈에는 자기가 살던 집을 계속 청소하면서 아지트처럼 쓰는 아이들이 몇 명 있다. 하지만 나는 그러고 싶지 않았다. 이 집에 있으면 종말의 순간이 재생되는 것 같았다. 당분간은 돌아올 것 같지 않아서 사진을 몇 장 챙겼다.

J가 종말을 맞은 장소는 잠실 주 경기장이었다. 우리 집에서는 걸어서 사십 분 정도가 걸렸다.

　걸어가면서 J는 종말 때의 이야기를 해 주었다. J가 보러 갔던 공연은 여러 가수들이 출연하는 행사였는데, J가 좋아하는 아이돌도 출연 가수 중 하나였다. 그들의 순서는 두 번째였고, 노래는 두 곡을 하기로 되어 있었다. 기다리던 아이돌 그룹이 나왔을 때 J는 숨이 멎는 것 같았다고 했다. 두 곡 중의 하나는 멤버 중 한 명이 팬들을 위해 만든 노래였다. 팬이 아니면 잘 모를 노래였다. J는 목이 터져라 환호를 보내고 노래를 따라 불렀다. 감격에 겨워서 눈물을 쏟기도 했다. 노래가 중반을 넘어가고 있을 때, J는 노래를 부르던 멤버의 얼굴이 흐리다고 느꼈다. 눈을 열심히 비볐지만, 멤버의 몸은 오히려 더 흐려졌다. 주변 사람들도 모두 사라지고 있었다. 사라지고, 사라지다가, 무대에 서 있던 멤버들까지 사라지고 말았다. 결국 행사장에 남은 것은 그 수많은 사람 중에 J뿐이었다.

　"너무 억울했어. 그 노래, 끝까지 듣고 싶었는데."

　J는 힘들게 구했다며 배터리를 넣는 씨디 플레이어를 가방에서 꺼냈다. J가 내 귀에 꽂아 준 이어폰을 통해 노래가 흘러나왔다. 감미로운 발라드였다.

　"이게 종말이 왔을 때 들었던 노래야."

　그 뒤로도 우리는 계속 노래를 들으며 걸었다. 씨디 하나를 다 듣고 다른 씨디로 교체해서 다섯 곡쯤 들었을 때, 잠실 주 경기장에 도착했다.

　J는 자신이 서 있었던 자리를 찾아 앉더니 갑자기 벌떡 일어나서 소

리 질렀다.

"한 곡밖에 못 들었는데! 아니 반도 못 들었는데! 억울해!"

종말이 찾아왔는데 겨우 노래 두 곡을 아쉬워하는 J가 웃겼다. 한참 소리를 지른 J에게 물을 건넸다.

"이제 좀 시원하냐?"

힘이 빠진 듯 멍하니 앉아 있던 J는 한결같이 몸에 지니고 다니는 가방을 열었다. 그 안에는 가족사진 몇 장과 함께 난데없는 연예인 사진이 있었다.

"얘네들이야?"

"이건 그냥 사진이 아니야. 내가 직접 찍은 거야. 종말이 온 그날."

사진을 보는 J의 눈이 빛났다.

"어차피 이젠 볼 수도 없는데, 아직도 그렇게 좋아?"

나라면 잘 벼려진 칼 같은 걸 넣어 둘 거라고 생각했다. 아이돌의 사진을 품고 다니는 사람은 단연코 지구상에 J뿐일 것이다. J는 나를 흘겨보고는 다시 사진으로 눈을 돌리며 말했다.

"좋아하는 마음을 잊고 싶지 않으니까. 누군가를 순수하게 좋아했던 마음을 품고 있고 싶으니까."

나는 문득 J를 꽉 안아 주고 싶었다. 처음 만났을 때 J가 나를 안아 주었듯이. 그런데 두 팔로 J의 어깨를 감싸려는 순간, 나는 놀라서 그대로 굳고 말았다. J가 흐려지고 있었다. 마치 종말이 찾아왔을 때처럼, 흐려지는 그 애를 잡으려고 했다. J는 깜빡깜빡하다가 결국 사라져 버렸다.

J가 있던 자리에 남은 건 그 애가 차고 있던 작은 가방뿐이었다.

19

할머니가 좋아하는 다디단 카스텔라를 사서 할머니 방으로 갔다. 할머니는 기운이 하나도 없는 사람처럼 누워 있었고, 머리 맡에는 앨범이 펼쳐져 있었다.

"할머니, 빵 사 왔는데."

할머니는 나를 보고는 끙, 소리를 내며 일어나 앉았다.

"냉장고에서 매실차 좀 가져와라."

내가 매실차를 가져왔을 때 할머니는 앨범을 펼쳐 보고 있었다. 카스텔라의 껍질을 까서 할머니 앞에 놓았다.

"썩을 놈."

앨범을 응시하던 할머니가 읊조리듯이 내뱉었다. 삼촌한테 하는 말인가, 해서 봤더니 할머니의 시선이 향한 곳에는 할아버지의 사진이 있었다.

"죽어 버려서 사람 고생이나 시키고."

"할아버지가 들으면 섭섭하겠네."

할아버지는 요한 삼촌이 태어나고 일 년도 되지 않아 교통사고로 돌아가셨다고 들었다. 술을 마시고 새벽에 돌아오는 길이었다고 한다. 할머니는 주정뱅이가 딱 주정뱅이답게 죽었다며 흉을 봤다. 할아버지 사진을 보다가 깨달았다. 할아버지의 젊은 얼굴이 잘생겼다는 것, 그리고 요한 삼촌을 닮았다는 것을 말이다.

"우리 할아버지 너무 잘생겼다."

죽어서도 욕을 먹는 할아버지를 위해 나는 잠시 할아버지의 편을 들어 주었다.

"내가 그 얼굴에 속았지. 노래는 또 얼마나 잘했는지 아니? 하유, 근데 결혼해 보니까 망나니도 이런 망나니가 없어. 놀고 먹는 것만 일등이야. 그러니까 죽기 직전까지 저렇게 얼굴이 반들반들하지. 애 아빠가 총각처럼 잘생긴 거 좀 봐라. 에휴, 썩을 놈."

듣다 보니까 할머니가 할아버지 욕을 하는 건지, 잘생겼다고 감탄을 하는 건지 헷갈렸다. 하지만 이내 나는 할머니가 할아버지를 그리워하고 있다는 걸 깨달았다. 내가 소망이를 그리워하듯이.

앨범은 시간 순으로 정리되어 있었다. 한 장 넘기자 아빠 사진도 보였다. 할아버지에게 안겨 있는 아빠가 너무 작아서 기분이 이상했다. 나는 중얼거렸다.

"이때는 국밥 같지 않네."

"그게 무슨 말이냐?"

"그냥 아빠를 보면 국밥 같잖아요. 속을 알 수가 없고, 맨날 똑같은 표정만 짓고."

할머니는 갑자기 비닐에 끼워진 아빠의 사진을 꺼내고는 뒷면을 보여 주었다. 구름 위에서 웃고 있는 한 남자가 그려져 있었다. 넥타이를 매고 모자를 쓰고 있는 남자였다.

"이게 무슨 그림인 줄 아니?"

"아빠가 그렸어요?"

"그래. 너희 할아버지가 죽었을 때, 아빠가 이런 곳에 갔을 거라 며 날 보여 주더라. 걔가 그렇게 나를 위로했어."

아빠가 이런 귀여운 그림을 그렸다는 게 믿기지 않았다. 다음 장에는 조금 자란 아빠가 삼촌을 안고 있었다.

"이게 삼촌이에요?"

앨범 속의 삼촌은 통통한 볼이 귀여운 아기였다. 할머니는 대답 대신 한숨을 쉬었다. 아마도 삼촌을 생각하는 모양이었다.

"간밤에 생각을 해 보니, 내가 너무 착한 아들을 낳았나 싶다. 걔 가 생겼을 때 내가 얼마나 놀랐다고. 아이는 너희 아빠가 끝이라 고 생각했거든."

할머니는 매실차를 한 모금 마시고는 가슴을 주먹으로 팡팡 때 렸다.

"원래 아이를 많이 낳고 싶었지. 그런데 네 아빠를 낳고 난 뒤에 는 애가 잘 안 들어섰어. 겨우 생기면 유산이 되고 그랬단다. 그랬 으니 나이가 들어서 또 하나를 갖게 될 거라고는 꿈에도 몰랐지. 듣자 하니 자궁이 늦게 성숙하는 여자들이 있다고 하더구나."

나는 카스텔라를 우물거리며 할머니의 말을 들었다.

"나이 들어 임신을 했다고 남우세스러워하는 것도 잠깐이지, 배 속에 담고 있을 때도 얘가 순한 애일 거라는 확신이 들었어. 내가 바쁘게 일할 때는 얌전히 있다가 누울 때만 자기 여기 있다고 느긋하게 움직이는데, 잉어가 움직이는 것처럼 느릿하고 묵직하더라고. 낳고 나니까 여지없이 순둥이야. 내가 느이 삼촌 덕분에 너무 행복했지. 너무 많은 걸 누린 거다. 그래서 이렇게……."

할머니의 뒷말은 듣지 않아도 알 것 같았다. 할머니의 쓸쓸한 얼굴이 슬퍼서 나는 말을 돌렸다.

"이거 완전 옛날이네."

사진 속에는 삼십 년 전 나주 국밥의 모습이 찍혀 있었다. 젊은 할머니는 기름기가 번들거리는 얼굴로 희미하게 웃고 있고, 포대기에 싸인 아가는 잠들어 있었다.

"참 순했어. 투정하는 법이 없었지."

할머니가 혼잣말처럼 중얼거렸다.

앨범을 끝까지 보고 나서야 자리에서 일어났다. 신발을 신는 나에게 할머니가 말했다.

"희망아, 느이 아빠가 국밥 같다고 했지."

내 등을 쓸어내리는 할머니의 손이 따뜻했다. 신발을 천천히 신으면서 할머니의 말을 들었다.

"너 국밥에 얼마나 재료가 많이 들어가는 줄 아니? 파 넣고, 무

넣고, 멸치 넣고, 마늘 넣고 오랫동안 끓이고 또 끓여서 만드는 게 국밥이란다. 그래서 그 안에 뭐가 들었는지 안 보이는 거야. 하도 오래 끓여서. 하지만 다 들어 있는 거야. 그 안에 다 들어 있어."

나는 할머니의 말을 알 것도, 모를 것도 같았다.

할머니 집에서 나오며 다음 주 일요일에는 할머니를 모시고 교회에 가 볼까, 하는 생각을 했다. 일찍 일어나는 건 싫지만, 할머니를 기쁘게 할 수 있다면 한 번쯤은 갈 수 있을 것 같았다.

20

방학의 마지막 날이었다. 어떻게 보내야 할지 몰라서 어영부영 시간을 보내다가 늦은 오후가 되어서야 도하와 자전거를 타기로 했다. 자전거에 올라타는 나한테 도하가 쇼핑백을 내밀었다. 들어 있는 건 헬멧이었다. 빨간색과 흰색이 섞여 있었고, 뒤통수에 별이 새겨져 있었다.

"이거 뭐야?"

"생일 선물 미리 주는 거야."

여름에는 소망이의 기일만 있는 게 아니었다. 내 생일도 다가오고 있었다.

"자전거 탈 때 헬멧 써야 한대."

"고마워."

나는 머리가 답답한 걸 싫어해서 모자도 쓰지 않지만, 앞으로는 헬멧을 꼭 쓰기로 마음먹었다.

"내일 자전거 타고 학교 갈래?"

나는 고개를 끄덕였다. 우리는 예전에도 급할 때를 빼고 자전거를 타고 함께 등교하고는 했다. 모든 게 하나씩 예전으로 돌아가는 것 같았다.

집에 들어오자마자 엄마가 잠깐 얘기를 하자고 나를 불러 세웠다. 식탁에 앉아 있는 엄마가 내민 핸드폰 화면에는 내 얼굴이 나온 기사가 떠 있었다.

"너 대체 거기는 왜 간 거야?"

"기사 봤으면 알 거 아냐. 삼촌 응원하러 갔지. 엄마도 삼촌 게이인 거 알았지?"

"삼촌은 어른이잖아. 이건 어른들의 일이야. 네가 낄 문제가 아니야."

"거기가 중학생한테 금지된 장소도 아니었어."

엄마와 말하면서 스물스물 올라오던 화가 순식간에 부풀기 시작했다.

"대체 네 삼촌은 왜 이렇게 일을 크게 만드는지 모르겠다. 그냥 두면 해결될 일을."

"그냥 둔다고 모든 일이 해결되는 건 아니니까."

엄마는 말을 멈추고 나를 빤히 바라보았다. 나는 그 눈을 피하지 않았다.

"네 머릿속에 뭐가 들었는지 엄마는 당최 모르겠다. 반항하고 싶어서 그러는 거야?"

엄마의 말 한마디에 올라오던 화가 급속도로 가라앉았다. 빵, 하고 터질 줄 알았는데 오히려 차갑게 식어 버렸다. 마치 새로운 기술이 생긴 것 같았다. 시체처럼 뇌도, 장기도 차갑게 식혀서 아무런 감정도 느끼지 않는 것이다. 화가 나면 화도 얼려 버리면 됐다. 냉동실에 들어간 고기나 아이스크림처럼 말이다. 나는 엄마의 말을 무시하고 가방을 들고 일어났다.

"고희망, 엄마 말 안 끝났어. 가방은 또 왜 그래?"

엄마가 내 가방을 보고 말했다. 안 그래도 배지를 오랫동안 달고 다녔더니 앞주머니가 찢어져서 너덜거리고 있었다.

"가방이 뭐 어때서? 쓸 만하니까 쓰는 거야."

"너 왜 이러니? 엄마가 용돈 부족하게 준 적 있어?"

엄마는 내가 아무것도 사고 싶어하지 않는 게 일종의 시위라고 생각하는 모양이었다. 엄마에게는 배지에 적힌 문구는 보이지 않는 걸까? 삼촌이라면 배지에 적힌 말부터 물어봤을 것이다.

"반항하는 방법도 참 희한하다."

"이게 왜 반항이야?"

"자식이라고는 하나 있는 게 엄마한테 왜 이렇게 차갑게 구니?"

"정확히 말해서 내가 외동은 아니지."

내가 비꼬자 엄마가 주춤하는 것이 보였다. 모난 마음이 치고 올라왔다.

"졸려. 잘 거야."

등 뒤에서 엄마의 긴 한숨이 들렸다.

21

마음이 엉망인 채로 개학을 했다.

어쩌면 같은 반 애들이 기사에 대해서 알고 있을지도 모른다고 생각했다. 하지만 아는 척하는 애는 없었다. 세연이도 나에게 관심이 없었다. 친구들하고 수다를 떠느라 정신이 없어 보였다. 아이들은 세연이가 새로 만나는 남자 친구에 더 관심이 많았다. 학교에 오니까 모든 게 일상으로 돌아온 느낌이었다. 어제까지 방학이었다는 게 믿기지 않을 정도였다.

지수는 틈이 날 때마다 기사에 달린 댓글에 대해서 이야기했다. 댓글은 아직까지도 올라오고 있었다.

"아이디에 들어가는 단어가 모두 동일해."

지수는 댓글을 캡처한 걸 보여 주었다. 지수의 말대로 아이디에는 'cactus'라는 단어가 공통적으로 들어가 있었다.

"그게 무슨 뜻이더라?"

"선인장. 혹시 뭐 생각나는 거 없어? 계속 같은 단어를 쓰는 걸 보면 일부러 티 내는 것 같은데."

"글쎄, 생각나는 건 없는데."

머리를 굴리는 사이 도하에게 '이따 집에 같이 갈래?'라고 메시지가 왔다. 나는 짧은 고민 끝에 알겠다고 답장을 보냈다. 도하와 집에 간다고 하자 지수가 비꼬며 말했다.

"그래 뭐, 생존자들끼리 놀겠다 이거지?"

지수는 내가 소설에서 J를 죽인 걸 두고 분한 척했다.

자전거 보관소 앞에서 도하와 만났다. 교문으로 걸어가는데 몇몇 애들과 눈이 마주쳤다. 이유는 알 수 없지만 어떤 남자애는 대놓고 '오, 이도하~' 하고 야유를 보냈다. 도하는 '세연스 픽'에 올랐다는 점 때문에 인기 있는 애라는 이미지가 새로 덧입혀졌다. 난 신경 쓰지 않으려고 애썼다. 예전부터 도하와 자전거로 등하교를 하고는 했으니까 변한 건 없는 셈이었다.

횡단보도가 많아 조심스럽게 달리던 우리는 청계천에 진입하면서 속도를 높였다. 어색하던 헬멧은 금세 적응이 되었다. 바람이 시원했다. 방학이 끝난 게 전혀 아쉽지 않았다. 방학 때 있었던 삼촌 사건, 엄마와 나눴던 떠올리기 싫은 대화도 다 잊히는 듯했다.

헤어지기 전 도하는 요한 삼촌 기사를 봤다고 말했다.

"네 기사도 봤어."

"사진 웃기게 나왔지?"

"아니, 괜찮던데?"

도하가 거짓말을 하는 기색이 보이지 않아서 안심했다.

"이번 주 토요일이 본행사야. 삼촌이 그때도 발언대에 오른대."

"그래? 나도 뭔가 삼촌을 돕고 싶은데."

도하가 대뜸 말했다. 삼촌의 마음이 그사이 바뀌었을 수도 있지만, 나는 삼촌이 페스티벌에 갈 거라고 믿고 싶었다. 그래서 도하에게 원하면 같이 가자고 말해 버렸다. 도하가 말했다.

"피켓 같은 거 만들면 어떨까?"

"피켓?"

"그냥 응원하는 것도 좋지만, 뭔가 들고 있으면 효과가 있지 않을까 싶어서."

그럴듯한 아이디어였다. 우리는 조만간 만나서 같이 피켓을 만들기로 하고 헤어졌다. 삼촌을 좋아하는 누군가와 함께 삼촌을 위한 일을 한다는 것, 그것만으로도 기뻐서 팔다리에 힘이 가득 차는 느낌이었다. 내 방이 있는 사 층까지 뛰어서 올라갔다.

자기 전에 소설에서 H와 D가 아지트에서 다시 만나는 장면을 썼다. 둘은 어디까지나 친구라고, 이건 절대 로맨스가 아니라고 스스로 되뇌면서.

J가 사라진 날 홈의 다른 아이 한 명도 종말을 맞았다. 홈의 아이들은 이제 열두 명이 되었다.

홈은 일상을 이어 나갔다. 하지만 전과 같지는 않았다.

종말이 다시 시작되었다는 건, 언제든지 사라질 수 있다는 뜻이었다. 어떤 아이들은 더 이상 쪽지를 붙이는 건 의미가 없다고 주장했다. 어떤 아이들은 술을 마시고 아무 데서나 자다가 얼어 죽을 뻔했다. 어떤 아이는 틈만 나면 울었다. 눈물이 종말로부터 자신을 지켜 줄 거라고 생각했기 때문에 온종일 슬픈 생각을 하려고 애쓰는 것 같았다.

한 달이 지나지 않아 또 한 명이 종말을 맞았다. 같이 있던 아이의 증언에 따르면, 종말 직전에 고추참치 캔을 들고 '이거 많이 매울까?' 하고 고민하는 모습이었다고 한다.

나는 아무것도 하지 않았다.

J가 사라진 뒤, 그냥 최소한의 음식만 먹으며 가만히 있었다. 아무것도 하고 싶지 않았다. 내 머릿속은 한 가지 생각으로 가득 찼다.

'사라지고 싶다.'

나는 사라진 아이들이 부러웠다. 빨리 내 차례가 와서 사라진 사람들의 세계로 가고 싶었다. 그런 세계 따위가 없어도 좋았다. 그냥 이대로 사라진다고 해도 나쁠 것은 없었다. 하지만 먹을 때나 양치를 할 때, 잠을 자려고 누워서도 조금만 더 살고 싶은 마음과 고통 없이 사라지고 싶은 마음이 교차했다.

며칠 뒤, D가 아지트에 가자고 했다.

"너한테 보여 줄 게 있어."

종말이 다시 시작된 이후 D는 얼굴을 보기가 힘들어졌다. 혼자 있다가 종말을 하면 어떡하나 싶은 걱정이 들었지만, 그래도 할 수 없다는 생각에 애써 D를 찾아다니지는 않았다.

D를 따라서 베란다로 간 나는 예상치 못한 풍경을 보았다. 거기에는 식물이 자라고 있었다. 허브, 커피 나무, 방울토마토 같은 이름표를 단 화분들이 있었다. 방울토마토 나무에는 아직 익지 않은 초록색 토마토가 달려 있었다.

"신기하지?"

감히 손을 못 대고 익지 않은 방울토마토를 쳐다만 보았다. 채소와 과일을 먹은 게 언제인지 기억도 나지 않았다. 마트의 과일과 채소 코너에서는 썩은 내가 진동을 했다. 냉장고를 사용할 수 없게 되면서 음식이 속수무책으로 썩어 갔기 때문이다. 하지만 아무도 식물을 기를 생각은 하지 못했다.

"어떻게 기른 거야?"

"마트에 있는 씨앗을 심어 봤지. 방울토마토 빼고는 대부분 물을 조금만 먹는 애들이야."

베란다에 놓인 생수를 보았다. 생수는 마트에서 구할 수 있는 것 중에 가장 빨리 줄고 있는 것 중 하나였다. 수도 시설이 없어서 씻는 것, 먹는 것을 모두 생수에 의존했다. 생수를 다 쓰면 어디서 물을 구해야 할지 아이들끼리 고민한 적도 있었다. 한강 물을 정수해 보자는 의견도 있었지만, 한강에서 알 수 없는 악취가 나기 시작하면서 계획은 무산됐다.

"나, 홈을 떠나려고 해."

D의 말에 나도 모르게 숨을 멈췄다.

"종말에 대해서 더 알아낼 것이 있어?"

"꼭 그런 건 아니야. 우리도 언젠가 사라질 수 있잖아. 그 전에 더 많은 걸 보고 싶어."

"여행을 떠나는 거야?"

"원래 스무 살이 되면 세계여행을 떠나려고 했거든. 나는 세상을 돌아다니고 싶어. 그리고 돌아다니다 보면 답을 찾을 수 있을지도 모르잖아."

"무슨 답?"

"왜 우리가 살아남았는지. 어떻게 살아가야 하는지에 대한 답."

"너무 위험하지 않을까?"

"어차피 여행을 떠나려고 했으니까 좀 빨리 한다고 생각하지, 뭐."

"어떻게 다닐 건데?"

"차를 타고."

"차를 탄다고?"

"운전하는 방법을 연습하고 있어. 예전에 아빠가 기본 원리를 가르쳐

주셨거든. 액셀러레이터를 밟으면 앞으로 나가고, 브레이크를 밟으면 멈추는 거지. 어렵지 않아서 혼자서 조금씩 해 보고 있어."

"떠난다고 해서 뭔가 발견한다는 보장도 없잖아. 다들 우리처럼 살아가고 있을 거야."

"하지만 떠나지 않으면 알 수 없는 것도 분명 있을 거야."

나는 무슨 말을 해야 할지 알 수 없었다. D가 훌쩍 떠날 수도 있다는 생각을 하자 두려워졌다. 도하가 없으면 견딜 수 없을 것 같았다. 도하가 물었다.

"같이 갈래?"

22

—storyking: 갑자기 ㄷㅎ누구냐. 자까님 오타있어여~ ㅎㅎㅎㅎ
—민이특공대: 삭님, 혹시 썸남 이름이 ㄷㅎ?

아침에 일어나 보니까 지수한테 문자가 와 있었다.

소설에 갑자기 이도하 등장? 이렇게 마음을 고백하나여ㅋㅋㅋ

헉! 소리를 지르며 노트북을 켜고 사이트로 들어갔다. 정말 D를

도하라고 부른 부분이 있었다. 수정을 했지만 이미 한줌단의 댓글
이 달린 뒤였다.

학교에 가자 지수가 놀려 댔다.

"와, 고백하는 방법 진짜 신박하다!"

나는 최대한 날카로운 눈빛으로 지수를 째려봤다. 그나마 도하
가 내가 소설을 쓴다는 사실을 모르는 게 다행이었다. 지수가 핸
드폰을 나한테 들이밀고는 약 올리듯이 흔들었다.

"내가 다 캡처해 놨지. 나한테 잘해라. 이도하한테 보내는 수가
있어."

"그런 일이 일어나면, 이번 생에는 나 볼 생각하지 마라."

나는 최대한 의연한 척하면서 말했지만, 도하가 본다는 생각만
으로도 머리카락이 곤두서는 것 같았다.

"너는 그렇게 도하를 좋아하면서 왜 고백을 안 해? 썸타는 게 좋
은 거야?"

"무슨 소리야?"

"그냥 사귀기는 싫고, 썸타는 것만 좋은 거냐고."

"우린 그냥 친구야. 옛날부터 그랬어."

"너는 도하가 너를 예전하고 똑같이 보면 좋겠어? 완전 친구처
럼."

나는 대답하지 못했다. 도하가 나한테 고백한 게 싫다고 했지만,

그 전처럼 돌아가고 싶은 것도 아니었다. 이건 대체 무슨 마음인지 혼란스러워하는데, 지수는 한쪽 입꼬리만 올려서 웃고 있었다.

"잘 생각해 봐. 도하가 또 다른 사람이랑 사귀어도 괜찮은지."

도하에게 다른 약속이 있으니까 혼자 가라고 거짓말을 해 버렸다. 내가 한 실수를 도하가 아는 것도 아닌데 도하를 볼 자신이 없었다.

맥도날드에서 햄버거를 우걱우걱 먹으면서 생각했다. 나는 왜 도하 앞에서만 긴장하는 걸까? 도하는 나에게 고백을 하는 순간에도 별로 긴장하는 것 같지 않았는데 왜 거절한 내가 더 눈치를 보고 있는 걸까. 대체 왜?

햄버거를 먹어 치웠는데도 시간이 남았다. 나는 학원에서 가까운 도서관에 가서 시간을 때우기로 했다. 신간 도서가 많아서 가끔 이용하는 곳이었다. 자료실을 둘러보는데 칸막이 좌석에서 익숙한 뒤통수가 보였다. 꼭 요한 삼촌 같았다. 이 시간에 삼촌이 있을 리가 없다고 생각하면서 슬쩍 다가갔다. 삼촌이 맞았다!

열람실에서 큰 소리를 낼 수 없었던 나는 속삭이듯 삼촌을 불렀다. 고개를 든 삼촌은 놀란 듯하다가 난처한 웃음을 지어 보였다.

"삼촌 오늘 휴가야?"

"으응. 잠깐 나갈까?"

삼촌이 책을 덮고 일어났다. 『짜라투스트라는 이렇게 말했다』

라는 책이었다.

삼촌과 나는 음료수를 하나씩 사서 도서관 벤치에 앉았다. 삼촌은 커피, 나는 초코우유였다.

"삼촌이 여기 있어서 완전 놀랐어."

"그러게. 넌 왜 여기 있어? 학원 안 가?"

"중간에 시간이 비어서."

나는 도하와 있었던 일을 얘기할까 하다가 그만뒀다. 삼촌이야 말로 가장 고민이 많은 사람일 테니까. 내 고민까지 보탤 필요는 없었다.

"희망아, 삼촌 사실 회사 그만뒀어."

삼촌이 불쑥 말했다.

"그만뒀다고? 이제 안 다닌다고?"

"응. 삼촌 해외로 갈지도 몰라. 면접 보자는 데가 있어서 잘하면."

"그러면 어디로 가는데?"

"싱가포르로 갈 거야. 근데 아마도 잘될 것 같아."

"삼촌한테 잘된 일이야?"

"지금 상황에서는, 아마도?"

나는 혼란스러웠다. 삼촌은 잘된 일이라고 하지만 삼촌의 표정은 즐거워 보이지 않았다.

"그래도 본행사는 갈 거지?"

"그것도 잘 모르겠어."

삼촌의 얼굴이 어두워졌다.

"어차피 변하는 게 없겠다 싶기도 하고. 한번 발언대에 올라가 보니까 마음이 정리된 것도 있고, 그래."

"삼촌, 무서워서 그래?"

"응, 무섭기도 해. 괜한 짓 벌였나 싶기도 하고. 희망이 너도 이 제 공부에 집중하고 이런 거 신경 쓰지 마. 이건 어른들의 일이고, 너는 네 할 일을 해야지."

"할머니 때문에 그런 거야?"

"할머니도 그렇고 삼촌이 가족들한테 안 좋은 영향을 주고 있 다는 생각이 들어. 너한테도 그렇고."

"나한테 무슨 안 좋은 영향을 줬는데? 삼촌이 게이라서? 아니 면 인터넷에 모자이크된 사진이 올라와서? 아니면 삼촌 응원하다 가 내 얼굴이 대문짝만하게 인터넷에 떠서?"

"그래, 그런 거 전부 다. 너는 모르는 게 좋았을 텐데. 삼촌이 미 안하다."

삼촌이 갑자기 어른의 눈빛을 했다. '네 의견 따위는 필요 없어' 라고 말하는 듯한, 내가 가장 싫어하는 눈빛이었다.

"삼촌도 엄마처럼 말하네."

"희망아, 너도 본행사 때는 안 갔으면 좋겠어. 사람들이 삼촌이 나 돼서 어린 조카한테 나쁜 영향 준다고 생각할 거야."

삼촌은 거의 사정하는 듯 말했다. 지금 가장 힘든 사람은 삼촌이라는 걸 알면서도 심술이 났다.

"알아. 다 나를 위해서 그런 거겠지. 나를 위하는 게 뭔지도 모르면서."

화가 나서 눈물이 나오려고 했다. 나는 얼른 감정을 얼려 버리려고 했다. 하지만 삼촌 앞에서는 통하지 않았다. 결국 눈물이 툭, 하고 떨어지며 감정이 폭발했다.

"다들 나한테 왜 그래? 내가 하고 싶은 얘기는 아무도 궁금해하지 않으면서! 나는 마음도 없고 뇌도 없는 줄 아나 봐."

나는 발길이 닿는 대로 마구 걸었다. 정신을 차렸을 때는 이미 학원 수업이 시작된 뒤였다. 삼촌에게서는 다섯 통이나 전화가 와 있었다. '희망아, 전화 좀 받아 봐'라는 메시지를 봤지만, 답장은 하지 않았다.

23

다음 날 학교 수업이 끝나고 도하네 집으로 향했다. 피켓을 만들기 위해서였다. 삼촌이 본행사에 오지 않을 수도 있지만, 피켓 만드는 건 포기하고 싶지 않았다.

우리 둘 다 배가 고파서 집으로 가기 전에 도하네 가게에 들르기로 했다.

"희망이 오랜만이네."

도하의 엄마는 여느 때처럼 목소리에 활기가 넘쳤다. 손님들 사이를 분주하게 오가고 수시로 계산까지 하면서 내가 좋아하는 오므라이스를 뚝딱 만들어 주셨다. 음식을 들고 집으로 올라갔다. 학원 갈 때까지 시간이 얼마 남지 않아 밥을 먹으면서 문구를 정해야 했다.

"고요한 파이팅 어때?"

"너무 평범한데."

도하가 고개를 저으며 말했다.

"그냥 이름만 쓰는 건?"

"메시지가 없잖아."

이번에는 내가 도하의 의견에 반기를 들었다. 별로인 아이디어만 한동안 계속 쏟아졌다. 괜찮은 것도 몇 개 있었지만, 마음에 확 와닿지 않았다.

"우리 옛날에 화장실 문구 정할 때 생각나네."

도하의 말에 몇 년 전의 일이 떠올랐다. 손님들이 함부로 버린 쓰레기 때문에 변기가 자꾸 막히자 할머니가 나와 도하에게 특별 지시를 내렸었다. 가게 화장실에 붙여 놓을 문구를 함께 만들어보라는 거였다. 나는 단호해야 한다는 이유로 '변기 막히면 손해 배상 청구'라는 문구를 내놓았다. 도하는 '우리 부모님이 청소하세요' '양해 부탁드립니다'로 하자고 했었다. 그때는 결국 가위바위

보에서 이긴 도하의 문구로 안내문을 만들었다. 도하는 네임펜으로 멋들어지게 변기를 그려 넣고 코팅까지 했다. 그 안내문은 아직도 도하네와 우리 가게에 붙어 있다.

"고요한 희망."

오므라이스를 다 비울 때 즈음 떠오른 문구를 내뱉자 도하가 오, 하며 박수를 쳤다.

"좋다! 고요한 희망."

요란하지는 않지만, 쉽사리 무너지지 않을 것 같은 막강함이 느껴졌다. 삼촌과 내가 늘상 주고받던 농담도 떠올랐다. 내가 '삼촌 오늘 고요하네' 하면 삼촌이 '넌 오늘도 희망차고!'라고 맞받아쳐 주던 대화가. 삼촌이 페스티벌에 가지 않더라도, 이 문구는 꼭 보여 주고 싶었다.

도하가 포스터물감을 꺼내 왔다. 나는 아무것도 묻지 않은 붓으로 하드보드지 위에 글씨를 써 보며 크기를 가늠했다.

"그런데 좀 길긴 하다. 하드보드지 하나에 넣으면 글씨가 너무 작아지겠어."

"두 개로 만들면 되잖아."

"한 손에 하나씩 들라고? 너무 불편할 것 같은데."

"하나는 내가 들면 되지."

"아, 그러네."

글씨를 더 잘 쓰는 내가 큰 글씨를 쓰고, 글자 테두리를 깔끔하게 다듬는 건 도하가 하기로 했다. 문구를 정하는 게 어려웠지 글씨를 쓰는 건 순식간이었다. 나는 '고요한'을 성공적으로 썼다.

"요한 삼촌한테 말하지 말고 몰래 가자. 놀라게 해 드리자."

도하의 말에 나는 고민에 빠졌다. 만약에 삼촌이 안 오면, 나뿐만 아니라 도하까지 실망할 수도 있다. 나는 '희망'을 써 내려가는 손에 바짝 힘을 줬다. 다 쓰고 나서 도하에게 말했다.

"사실은 있잖아. 삼촌 안 갈 수도 있어."

"행사 참석을 안 하신다고?"

도하의 얼굴이 의문으로 가득 찼다.

"아직 확실한 건 아냐! 내가 설득할 거야. 근데 삼촌이 좀 힘든가 봐. 회사도 그만뒀대. 회사 옮긴대."

"어디로 가시는데?"

"정확하지는 않은데 외국으로 갈 수도 있나 봐."

"멋지다. 나도 멀리 떠나고 싶다."

도하는 진심으로 부럽다는 듯이 말했다.

"어디로 가고 싶은데?"

"그냥 어디든. 스무 살 되면 운전부터 배울 거야. 그래서 D처럼 떠나야지."

"누구?"

"소설에 나오는 D…… 아, 그게 뭐냐면……."

분명 나는 바보 같은 표정을 짓고 있을 것이다. 도하는 아차, 싶은지 내 눈치를 보고는 덧붙였다.

"역시, 그거 네가 쓴 소설 맞지?"

"내 소설, 봤어?"

나는 필사적으로 놀라지 않은 척했다. 하지만 이미 얼굴이 불타오르기 시작했다. 아마 목까지 새빨개져 있을 것이다. 어제 내 실수도 봤을까? 못 봤을 수도 있으니까 최대한 침착하게 말하려고 했다. 스스로한테 침착하라고, 침착해야 한다고 속으로 되뇌었다.

"어떻게 알았어?"

"그냥 우연히 알았어."

"그, 그랬구나. 내 소설 어때? 재미없지?"

"아냐, 꽤 재밌어."

"다행이다."

"근데 그거 혹시 너랑 나야? D랑 H 말이야."

"당연히 아니지! 그거 그냥 소설이야. 다 지어낸 거야."

"그렇구나. 근데 H는 확실히 너 같아."

"어떤 점이?"

"음, 생각이 많은 거?"

"그, 그래? 그거 나 아니야. 다 지어낸 거야."

"응, 혹시나 해서 물어본 거야."

나는 학원 갈 시간이 되었다고 핑계를 대고 도하의 집에서 나왔다. 학원에 도착해서야 피켓도 그대로 두고 나와 버렸다는 걸 깨달았다.

<h1 style="text-align:center">24</h1>

다음 날 새벽까지 도하 생각을 했다. 소설 속 D와 H가 나오는 장면들이 이것저것 떠오를 때마다 참을 수 없어서 이불을 팡팡 때리고 허공에 주먹을 휘둘렀다. 그래도 부끄러운 마음은 사라지지 않았다. 마음 같아서는 이미 올린 소설을 삭제해 버리고 싶었다. 하지만 그걸 지우면 도하를 지나치게 의식한 것처럼 보일 것이다. 소설을 쓰기 전으로 시간을 돌리고만 싶었다.

잠을 설쳐서 눈이 시뻘게진 채로 학교에 갔다. 수업 시간에도 불쑥불쑥 도하 생각이 치고 올라올 때마다 머리를 감싸 쥐었다. 도하의 얼굴을 볼 자신이 없었다. 아침에는 학교에 일찍 가야 한다며 버스를 타고 와 버렸고, 집에 같이 갈 수 있냐는 도하의 메시지에 다른 친구랑 간다고 거짓말을 해 버렸다.

"무슨 일 있어?"

내가 심상치 않아 보였는지 지수가 물었다. 지수한테 말해 버릴까, 하다가 지수의 호기심 가득한 눈을 보고 참았다. 분명 지수가 놀려 댈 텐데, 그러면 나는 참지 못하고 화를 내 버릴 것 같았다.

기분이 나쁘다 못해 침울해진 채로 하루가 흘러갔다. 종례를 기다리면서 책상에 엎드려 있었다. 소설에 나온 인물은 절대 네가 아니라고 계속 잡아떼면 그만인데, 무엇이 나를 이렇게 부끄럽게 만드는 걸까.

나는 책상에 엎드린 채 지구의 종말이 바로 지금 찾아오기를 기도했다. 소설 속에서처럼 모든 사람이 사라지기를 바랐다.

"알아냈어!"

지수가 엎드린 내 몸을 흔들었다. 내 몸이 바람 인형처럼 흔들렸다. 지수의 기세에 나는 몸을 일으켰다.

"잠깐만 나와 봐."

지수는 나를 사람이 없는 복도로 데려갔다. 지수는 내 눈앞으로 핸드폰을 들이밀었다. 내 신상 정보를 폭로한 댓글을 캡처한 사진이었다.

"내가 아이디에 계속 'cactus'라는 단어가 들어간다고 했던 거 기억나?"

사진 속에서 'cactus3454' '4543cactus' 'cac345tus' 같이 동일한 단어와 함께 들어가는 숫자만 바뀐 아이디가 눈에 들어왔다.

"cactus가 뭔지 알아?"

"선인장이라며."

"그래서, 생각나는 거 없어?"

"글쎄, 사막?"

나는 심드렁하게 되물었다. 어제라면 호응했겠지만 이런 것에 관심을 갖기에 지금의 나는 너무 지쳐 있었다.

"선인경이었어."

"선인경?"

"봐 봐, 내 추리를. 선인장하면 누가 떠오르지 않아?"

그제야 떠오르는 얼굴이 있었다. 작년에 같이 밥을 먹었던, 하지만 지금은 멀어진 선인경이라는 아이가 떠올랐다. 그 아이가 이렇게까지 나를 괴롭힌다는 게 믿기지 않았다.

"대박이지 않냐. 예전에 학원 복도에서 본 적 있잖아. 작년에 같이 놀았다면서."

"아이디만 가지고 어떻게 확신해?"

지수는 자신의 추리가 맞는 이유를 설명하기 시작했다.

"이거 봐. 걔가 같은 아이디로 지식인에 질문 올린 게 있었어."

지수가 보여 준 게시물은 작년 가을쯤 올라온 글이었다.

Q. 얘가 절 싫어하는 걸까요?

같이 노는 애들 중에 좀 덜 친한 친구가 있는데 얘가 저를 싫어하는 것 같아요.

공부도 잘하고, 뭔가 확고하게 자기만의 세계가 있는 것 같아서 친해지고 싶었거든요. 다른 애들이랑 있을 때는 괜찮은데, 둘이 있을 때는 저한테 전혀 관심이 없는 것 같아요.

예를 들면 저랑 둘이 있으면 갑자기 책을 보거나 말을 잘 안 해요. 제가 말을 걸면 듣기는 하는데 대답이 엄청 짧아서 대화가 이어지질 않습니다.

그리고 얼마 전에는 거리에서 마주쳤는데도 그냥 지나쳐 가더라구요. 분명 눈이 마주쳤는데, 왜 그런 걸까요? 저도 자존심이 있어서 부르지는 않았는데…….

―그런 애랑 왜 놀지?

―님을 싫어하는 것 같네요.

―걍 눈이 나쁘거나 주위에 관심 없는 애 아님?

선인경이 이런 짓을 했다는 건 분명 충격이었다. 그런데 이상하게도 화가 나지 않았다. 그냥 피곤했고, 혼자서 조용한 방에 처박혀 있고 싶었다. 아니면 소설에서처럼 종말이 와서 먼지처럼 사라지고 싶었다.

"그냥 내버려 둬."

"어떻게 그냥 둬? 너한테 이런 짓을 했는데."

"그냥 다 피곤해."

지수는 할 말을 잃은 듯 나를 빤히 보기만 했다.

"너 진심이야? 네가 뭐라고 안 하면 나라도 할 거야."

"그냥 놔두라고. 네 일도 아니잖아."

지수는 기분이 상한 얼굴로 말했다.

"넌 나한테 고맙지도 않냐?"

"난 너한테 알아봐 달라고 한 적도 없어."

우리 둘 사이에 불편한 침묵이 흘렀다. 한 번도 없던 일이었다. 늘 지수의 수다가 침묵을 메워 주었고, 말을 하고 있지 않을 때도 편안했다. 하지만 이번에는 달랐다. 나는 지수가 무슨 말이라도 해 주기를 바랐다. 그래서 이 상황이 끝나기를 기도했다.

"솔직히 그 애 마음이 이해가 되기도 해. 네가 자기중심적인 건 사실이잖아. 안 그래?"

"그게 무슨 말이야?"

"너는 네가 십자수 했던 멤버 이름도 못 외우잖아. 내가 매번 말해 주는데도."

"그게 자기중심적인 거랑 무슨 상관인데? 내가 잘못한 건 아니잖아."

자기중심적인 게 뭐가 문제라는 건지 알 수 없었다. 내 생각엔, 사람은 다 자기중심적이다. 선인경이 나를 재수 없다고 판단한 것도 자기중심적으로 생각한 거고, 지수가 나를 위해 탐정 놀이를 한 것도 마찬가지였다. 지수가 굳은 얼굴로 말했다.

"네가 잘못한 건 아니지. 넌 그런 애니까. 하지만 그런 점이 주변을 외롭게 만들 수도 있다는 거야. 같이 있어도 혼자 있는 것처럼 느끼게 한다는 거야."

지수의 말이 가슴을 후벼 파는 것 같았다. 나에 대해 모르는 아이의 말은 중요하지 않지만, 지수의 말은 무시할 수 없었다. 하지만 동시에 화도 났다. 지수라면 나를 이해할 수 있을 거라고 생각했다. 그래서 하지 말아야 할 말을 해 버리고 말았다.

"넌 왜 그렇게 나한테 관심이 많은데? 내가 재밌어?"

"그래서 불쾌하냐?"

"그래. 이도하한테도 네가 얘기한 거 아니야?"

"뭐라고?"

"나 소설 쓰는 거 네가 이도하한테 알려 준 거 아니냐고."

"미쳤냐?"

"그럼 이도하가 어떻게 아는데?"

"이도하가 안다는 것도 지금 알았거든?"

우리는 서로를 쳐다보지도 않은 채 불편함을 견디며 서 있었다.

"종례한다. 빨리 들어와!"

누군가의 외침에 우리는 교실로 들어왔다.

긴 종례가 끝나고 슬쩍 지수 쪽을 보았다. 지수는 이미 집에 간 뒤였다.

자전거도 학교에 두고, 버스도 타지 않고 오랫동안 걸었다. 지수 생각을 하면서 개랑 나눈 대화를 곱씹어 보았다. 놀이터에 앉아 지수에게 전화를 걸었다. 신호가 갔지만 지수는 받지 않았다. 두 번, 세 번 걸었지만 마찬가지였다. 지수는 내 전화를 받고 싶지 않은 게 분명했다.

메시지를 보내기로 했다. '전화 좀 받아 줘'라고 썼다가 지웠다. '아깐 내가 잘못했어'라고 썼다가 그것도 지웠다. '도하한테 소설 쓰는 거 들켜서 화가 났었어'라고 썼다가 이것도 지워 버렸다. '너 랑 싸우는 거 싫어'라고 썼다가 역시 지웠다.

지수야, 미안해.

겨우 이 한 마디를 보냈다. 부족한 것 같아서 덧붙였다.

사실은 네가 좋아하는 아이돌 이름 알아. 괜히 모르는 척한 거야.

내가 보낸 메시지는 삼 분, 오 분, 십 분이 지나도 '읽지 않음'으 로 남아 있었다.

25

다음 날도 지수는 나를 못 본 척했다. 내가 먼저 말을 걸 기미만 보여도 돌아앉거나 아예 교실 밖으로 나가 버렸다. 기회가 있어야 사과를 할 텐데, 지수는 기회 자체를 주지 않았다.

지수는 밥도 다른 아이들과 먹었다. 잊고 있었던 사실인데, 지수랑만 친한 나와는 달리 지수는 친한 친구가 많았다. 심지어 세연이의 친구들 중에도 친한 애가 있었다.

나는 밥을 반도 먹지 못했다. 다른 아이들이 혼자 있는 나를 쳐다볼까 봐 신경이 쓰였다. 나는 안 그런 척하면서 남들을 의식하는 성격인지도 모른다는 생각이 들었다. 괜히 운동장을 서성이다가 도하에게 메시지를 보냈다.

이도하, 뭐 해?
나 축구하러 갈까 했는데.
잠깐 볼래?

딱히 용건은 없었다. 그냥 혼자 있고 싶지 않았다. 잠시 뒤 구령대에 혼자 있는 나를 본 도하가 손을 흔들었다.

"지수는 어디 갔어?"

"그냥, 딴 애들이랑."

"싸웠어?"

"그런 거 아니야."

나는 자판기에서 뽑은 캔 음료수를 내밀었다. 내 몫의 캔을 따면서 이런 게 정말 재활용이 제대로 되는 걸까, 잠시 생각했다. 축구를 하던 애들이 도하를 발견하고 이리 오라며 손짓했다. 도하는 팔을 교차해서 머리 위로 커다랗게 엑스를 만들었다. 도하가 말했다.

"그 소설 말이야. 우리 누나가 재밌다고 알려 준 거야. 솔직히 작가가 너라는 확신은 없었어. 근데 닉네임이 '삭'이라서 읽을 때마다 네 생각이 났어. 너 초딩 때부터 그 닉네임 많이 썼잖아. 근데 진짜일 줄은 몰랐네."

구독자가 겨우 쉰다섯 명인데 그중 하나가 도희 언니였다니 어이가 없었다. 나는 겨우 목소리를 짜냈다.

"그, 그랬구나."

"나 궁금한 거 물어봐도 돼?"

"뭔데?"

"네 소설에는 왜 사람들이 전부 죽어?"

"그냥. 원래 사람은 다 죽잖아."

"하지만 소설은 네가 만든 세계잖아. 그러니까 안 죽일 수도 있잖아. 적어도 주인공은."

"그건……."

어떻게 설명하는 게 좋을지 알 수 없었다. 도하는 단순한 면이 있으니까, 내 말을 이해할지 확신이 없었다.

"아무리 소중해도, 어려도, 건강해도 한순간에 죽을 수 있잖아. 그런 얘길 하고 싶은 거야."

도하가 나를 이상한 아이로 보지 않을까 걱정이 되어서 눈치를 봤다. 이해하기 어려운 애로 비춰지는 건 싫었다. 나는 도하의 단

순한 면이 좋았고, 비슷해지고 싶었다. 도하는 생각에 잠긴 듯 보였다.

"그냥 난 주인공들이 죽을 때마다 너무 슬펐어."

"나도 슬펐어. 절대 즐거워서 죽인 거 아니야."

진심이었다. 애정을 가지고 만든 캐릭터가 죽는 장면을 쓸 때마다 한참을 울고는 했다.

"H하고 D도 그럼 죽일 거야?"

"아마도?"

"좀 슬프다."

도하가 웃으며 말했다.

"그래도 네가 죽이고 싶다면 할 수 없지, 뭐. 네가 작가니까."

수업 시작을 알리는 종이 울렸다. 교실로 뛰어 들어가는 도하의 뒷모습을 보다가 깨달았다. 사실 D는 도하일지도 모른다고. 아니, 처음부터 도하였다고.

26

지수에게 사과는커녕 눈도 마주치지 못한 채 종례 시간이 됐다. 이대로 주말을 맞기는 싫어서 종례 후에 집에 가는 지수를 따라갔다.

"지수야, 잠깐 얘기 좀 해."

내가 잡은 팔을 지수가 뿌리쳤다.

"할 말 없어."

"네가 나 도와준 거 다 알아. 그날은 도하 때문에 내가 너무 예민해져서 그랬어."

"너는 항상 그런 식이야. 네 감정이 너무 중요해서 남은 안중에도 없잖아."

"그래, 인정해. 하지만 너는 나한테 중요해. 그날은 내가 실수한 거야."

"너랑 다시 놀아야 할지 잘 모르겠어."

이 말을 끝으로 지수는 등을 돌려 가 버렸다. 포기할 수 없어서 쫓아갔다. 우리는 마치 모르는 사람인 것처럼 거리를 두고 걸었다. 지수는 정말 나와 이야기할 생각이 없는지 초록불이 깜빡거리는 횡단보도를 뛰어서 건너갔다. 나는 지수의 냉정한 뒷모습에 기운이 꺾여서 왔던 길을 되돌아오고 말았다. 주말도 괴로움 속에서 지낼 생각을 하니 끔찍했다. 그리고 슬퍼졌다. 지수는 내 친구가 되기에는 너무 좋은 아이였던 건지도 몰랐다. 그리고 나는 지수에게 걸맞지 않는 이기적인 아이였다.

금요일은 학원 수업이 없는 날이었다. 기운 없이 집에 들어서자, 엄마가 식탁에 앉아 있었다. 나는 다녀왔습니다, 한마디만 남기고 방으로 들어가려고 했다. 그런데 엄마가 방으로 향하는 나를 붙잡았다.

"저녁 먹어."

"배 안 고파."

"그래도 좀 먹어. 콩국수 했어."

"배 안 고프다고."

엄마가 한숨을 쉬었다. 무시하고 방문을 열려고 하는데 엄마가 고희망, 하고 나지막이 내 이름을 불렀다.

"왜? 나 피곤하다고."

진심이었다. 나는 너무 지쳐 있었고, 엄마와 대화할 기운도 없었다. 하지만 엄마는 잔뜩 벼른 모양이었다.

"잠깐만 여기 와서 앉아 봐. 엄마가 너한테 할 말 있어."

"나중에 하면 안 돼? 나 좀 내버려 둬."

나는 마음속으로 제발, 제발, 하고 주문을 걸었다. 하지만 주문은 통하지 않았다.

"내가 언제 너를 안 내버려 뒀어?"

엄마의 목소리가 순식간에 날카로워졌다.

"왜 화를 내? 밥 한 끼 안 먹는 게 뭐 어때서?"

"너 나한테 아무 말도 안 하잖아. 요새 내가 만든 음식도 안 먹고, 네가 어떻게 지내는지 아무것도 안 알려 주잖아. 일부러 그러는 거잖아. 엄마가 몰라서 가만히 있는 줄 알아?"

엄마 말은 사실이었다. 지난 며칠간 엄마 아빠와 마주치지 않으려고 애썼다. 집에 있을 때는 아예 방에서 나오지 않았고, 밥은 밖에서 먹고 들어왔다. 나도 내가 왜 이러는지 알 수 없었다. 엄마 아빠의 얼굴을 보지 않고, 집에서 혼자 산다고 상상하면서 지냈다. 그게 편했다.

"가만히 안 있으면 어쩔 건데."

나는 엄마의 말꼬리를 잡고 늘어졌다.

"고희망."

엄마가 내 눈을 똑바로 보며 말했다.

"너 지금 나 보라고 그러는 거잖아. 사실은 내가 알아 주기를 바라는 거잖아. 반항한답시고 네 방식으로 티 내는 거잖아. 엄마가 그걸 모를 것 같아?"

정말이지 되는 게 없는 날이었다. 화가 나려고 해서 감정을 얼려 버리는 기술을 쓰려고 했다. 하지만 먹히지 않았다. 하루 동안의 설움이 울컥, 하고 치밀어 오르는 느낌이었다. 목소리를 떨지 않으려고 애쓰면서 말했다.

"방에 들어갈래."

"아빠가 그러는데 너 기말고사 일 등 했다며? 왜 그런 건 얘기 안 해?"

"일 등해서 뭐? 그런 게 궁금하기는 해? 나에 대해서 관심은 있어? 내가 왜 다 떨어진 가방을 메고 다니는지, 왜 일 등 했다고 얘기도 안 해 주는지 궁금한 적 있냐고."

"왜 그러는데."

"대답 안 할 거야. 얘기 안 해 줄 거야. 왜냐하면 안 궁금해하니까. 엄마 아빠는 내가 차에만 안 치이고 살아 있기만 하면 되잖아. 다른 건 중요하지 않잖아."

"희망아, 너 왜 그래."

언제부터 현관에서 서 있었는지 모를 아빠가 다가와 내 팔목을 잡았다. 나를 방으로 집어넣으려는 것 같았다. 갑자기 아빠도 미워졌다. 나는 아빠의 손을 뿌리쳤다.

"나는 관심을 충분히 받은 적이 없어. 왜냐하면 엄마 옆에는 늘 소망이가 있으니까. 머릿속에는 소망이만 가득 차 있으니까! 살아 있을 때는 그렇게 사랑하지도 않았으면서!"

말이 끝나기도 전에 내 고개가 돌아갔다. 엄마가 내 따귀를 때렸다. 하지만 나는 말을 멈추지 않았다.

"엄마가 소망이 죽은 날 만드는 닭볶음탕, 사실은 소망이가 싫어했거든? 맨날 내가 대신 먹어 줬거든? 엄마는 소망이를 기억하는 게 아니야. 그 음식을 해 주던 엄마 자신을 기억하는 거겠지."

"너 대단하다. 어쩜 그렇게 아픈 말만 골라서 하니? 정말 무섭다. 소름 끼쳐."

엄마가 싸늘하게 말했다. 엄마의 말이 칼처럼 가슴에 꽂혔다.

"나도 엄마가 소름 끼쳐. 엄마는 사실 내 탓을 하고 있잖아. 나 때문에 죽었다고 생각하잖아."

"그게 무슨 말이야?"

"솔직히 내 탓이라고 생각하잖아! 소망이 일도."

필사적으로 눈물을 참았다. 울고 싶지 않았다.

"얘 말하는 것 좀 봐. 난 진짜 얘 속을 모르겠어."

엄마는 나를 마치 처음 보는 애처럼 보면서 소리쳤다.

"아무리 사춘기라도 정도껏 해야지! 엄마 아빠 무시하고 대답
도 제대로 안 하고, 제멋대로 구는 거 내가 모를 줄 알아? 더 이상
은 못 봐줘."

"사춘기라서 그렇다고? 내가 사춘기라서 그렇다고?"

어이가 없어서 울고 싶은 마음도 사라졌다. 차라리 웃고 싶은
기분이 되었다. 사춘기라서 그렇다고 말하면 싸움이 끝날 수도
있겠지만, 인정할 수 없었다. 나는 엄마를 힘껏 째려봤다. 더 이상
이야기를 할 이유가 없었다. 나는 엄마 옆에 있는 내 가방을 낚아
채서 방으로 들어가려고 했다. 그런데 가방을 잡으려고 다가가는
나를 엄마가 밀쳤고, 나는 그 자리에서 넘어지고 말았다. 엄마도
당황한 얼굴이었다.

"희망아!"

국밥처럼 말없이 있던 아빠가 나를 일으키려고 손을 내밀었다.
나는 그 손을 뿌리치고 혼자서 일어났다. 방으로 들어가려는 나에
게 아빠가 말했다.

"희망아, 그만해. 엄마도 힘들어서 그런 거야."

"엄마 아빠나 그만해. 엄마 아빠만 힘든 줄 알아? 삼촌한테 뭐라고 했지? 나 페스티벌 못 가게 하라고 했지?"

"그래! 내가 얘기했다! 안 그래도 너 예민한데 흔들지 말라고 했다!"

엄마가 소리를 질렀다. 솔직히 삼촌 얘기는 그냥 해 본 거였는데, 엄마가 순순히 인정하자 화가 치밀었다. 울지 않으려고 했지만, 결국 눈물이 터졌다. 울음을 참으려고 하다 보니까 말이 제대로 나오지 않았다.

아빠를 노려보았다. 아빠는 침묵으로 엄마의 편을 들고 있었다. 엄마의 날카로운 말도 아빠의 침묵도 싫었다. 칼 같은 엄마, 국밥 같은 아빠. 이 집에 내 편은 없는 게 분명했다.

후들거리는 다리로 방에 들어오자마자 이불 속으로 들어가서 실컷 울었다. 눈 주위가 화끈해졌다. 시퍼런 화가 올라왔다. 불은 빨간색일 때보다 파란색일 때가 더 뜨겁다는 이야기를 들은 적이 있다. 차가워 보이지만 사실은 더 뜨거운 불이 몸속에 가득 차는 것 같았다. 지금 내 피를 뽑는다면 파란색으로 변해 있을 거라는 생각이 들었다.

화가 날 때면 나는 사람들이 펑, 터지며 사라져 버리는 상상을 하거나, 지구에 종말이 찾아올 거라고 생각하면서 화를 가라앉히고는 했다. 하지만 지금은 그 어떤 상상도 위로가 되지 않았다. 나는 몇 개의 세포로 이루어져 있을까. 마치 그 세포 하나하나가 핵폭탄이 된 것처럼 몸이 우르릉거렸다.

소리를 지르고 싶었다. 소리를 지르면 시원할까? 방에 있는 걸 부수고 찢어 버린다면? 하지만 내가 그런다고 해도, 엄마와 아빠가 내 마음을 알아주는 건 아닐 것이다. 반항이 심해진다고만 생각하겠지. 쟤는 대체 왜 저럴까 하며 한심하다는 표정으로 쳐다보겠지. 어쩌면 오히려 화를 낼 지도 모른다. 확실한 건 이 집에 내편은 없다는 점이었다. 소리를 지르지 않으려고 이를 악 물었다.

그래. 내가 사라져 주자.

이 집에서 사라져야겠다는 확신이 들었다. 거실이 조용해졌다. 엄마 아빠도 방으로 들어간 모양이었다. 나는 닥치는 대로 가방을 싸고, 그동안 모아 놨던 돈을 챙겼다. 어쩌면 이럴 때를 나도 모르게 대비하고 있던 거라는 생각이 들었다.

어디로 갈지는 고민할 필요가 없었다. 머릿속에 한 곳밖에 떠오르지 않았기 때문이다.

종말 이후 신에 대해 생각하고는 했다. 이 거대한 세계를 쉽게 없앨 수 있는 존재가 있을지도 모른다는 생각이 들었기 때문이다.

어렸을 때 달팽이를 키운 적이 있다. 유치원에서 하나씩 나눠 준 것이었다. 엄마는 키우는 방법을 알려 주고는 스스로 길러야 한다고 당부했다. 내가 돌봐 주지 않으면 죽을 거라고 했다.

나는 딱딱한 패각에 미끌거리는 몸을 숨긴 낯선 존재에 마음을 홀딱 빼앗겼다. 집을 만들어 주고, 매일 신선한 상추를 먹이로 주었다. 야행성인 달팽이가 움직이는 것을 보고 싶어서 눈을 비비면서 졸린 걸 참았다.

한번은 달팽이 목욕을 시키다가 실수로 떨어뜨려 패각이 깨진 적이 있었다. 아팠는지 네 개의 더듬이가 패각의 깨진 부분 쪽으로 향했다. 죄책감을 느끼는 한편으로는 너무 약하고 약하다는 생각이 들었다.

흙을 갈아 주려고 달팽이를 집어 들 때마다 달팽이는 자신을 죽이려는 건지 밥을 주는 건지 구분하지 못하고 화들짝 놀라 더듬이를 감췄다.

어느 날 집에 놀러 온 친구가 달팽이를 보고는 말했다.

"달팽이 죽이는 법 알아?"

"죽이는 법이 따로 있어?"

"얘는 외래종이라서 막 버리면 안 된대. 말려 죽이거나 얼려 죽여야 해. 우리 집 달팽이는 얼려 버렸어."

"왜 죽였는데?"

"음, 생각보다 너무 오래 살아서?"

문득 내 자신이 겁에 질린 달팽이가 된 것 같았다. 신이 죽이려고 마음먹으면 한순간에 사라질 수 있는, 미미하고 약한 존재가 된 것 같았다. 나는 만약 신이 나를 말리거나 얼려서 죽이려고 한다면 절대 구걸하지 않겠다고 생각했다. 당장 내일 죽어야 한다고 해도, 오늘 하고 싶은 일을 하며 살아가겠다고 다짐했다.

그게 내가 홈을 떠나기로 한 이유다.

27

나는 마녀의 숲에 어떻게 가는지 알고 있다. 가끔 구글맵으로 그곳을 검색해 보고는 했다. 정보가 업데이트될 때마다 풀숲과 공터가 줄고, 아파트가 몇 채씩 솟아나는 걸 지켜보았다. 내가 놀이터에 서서 바라봤던 마녀의 숲도 조금씩 줄어들고 있었다. 이 년 뒤 그곳에 새로운 아파트가 들어선다는 기사도 보았다. 그곳이 완전히 사라지기 전에 가 보고 싶었다.

집에서 나와 마구 달렸다. 골목의 끝에 다다랐을 때 뒤를 돌아보았지만, 따라오는 사람은 없었다. 그곳으로 가는 버스 안에서 나는 절인 배추처럼 늘어졌다. 잔뜩 울고 난 뒤라서 그런지 마음이 차분해졌다. 눈물이 말라서 얼굴이 따끔거렸다. 가방을 꼭 껴안은 채로 창밖만 보았다. 핸드폰은 아예 꺼 버렸다. 지금은 그 누구와도 말하고 싶지 않았다. 음악을 못 듣는 게 아쉬웠지만, 음악을 들으면 또 눈물이 나면서 머리가 울릴 것 같았다. 오늘은 더 이상 울고 싶지 않았다.

예전에 살던 곳은 생각보다 멀었다. 시외버스에서 내렸을 때는 이미 어두워져 있었다. 불현듯 불안한 마음이 들었지만, 돌아가기에는 너무 많이 와 버린 뒤였다. 터미널에서 다시 버스를 갈아타고 예전에 살던 집 근처까지 갔다. 버스를 잘못 타서 헤매느라 시간이 더 걸렸다. 가는 동안 내가 왜 그곳에 가고 있는지 생각해 보았지만, 답을 찾지 못했다. 그냥 거기에 가야 한다는 생각밖에는 들지 않았다.

버스에서 내렸을 때, 갑자기 아무런 준비 없이 한 대 맞은 사람처럼 멍해졌다. 분명 예전에 살았던 동네가 맞는데, 내가 기억하는 것과는 너무나도 다른 모습이었다. 구글맵이 내가 놀이터 근처에 있다는 걸 알려 주었다. 하지만 놀이터는 보이지 않았고, 소망이가 건너려던 길이 어디인지 감도 잡히지 않았다. 이곳에 살고 있을 당시에도 곳곳에서 아파트가 세워지는 중이었으니 그럴 만도 했다.

가까스로 예전에 살던 아파트를 찾았다. 거기서부터 출발하기로 했다. 기억에 의지해서 겨우 놀이터를 찾았을 때, 생각보다 놀이터가 작다는 것에 또 한 번 놀랐다.

나는 미끄럼틀 위로 올라갔다. 마녀의 숲이 있던 쪽을 바라보았다. 걸어오는 동안 땀에 젖은 몸이 무거웠다. 그때처럼 바람이 불었다. 땀에 젖은 머리가 흔들렸다. 마지막으로 소망이를 봤을 때가 떠올라 소름이 오소소 돋았다. 나는 미끄럼틀에서 내려와 소망이가 뛰어갔던 길로 다가갔다. 소망이가 그랬던 것처럼 달렸다가 다시 걸었다가 하면서 갔다. 이차선 도로는 그대로였다. 내가 기억하는 것보다 더 좁았다. 겨우 이 길을 건너지 못하고 소망이가 죽었다는 사실이 믿기지 않을 정도였다. 마녀의 숲도 바라봤다. 기억 속에서는 덤불이 우거지고 정돈이 안 된 이미지였는데, 인적이 드물 뿐 깔끔하게 정리되어 있었다. 마녀는 어디에도 보이지 않았다.

도로 한 켠에 서서 소망이한테 인사를 했다.

"소망아, 누나 왔어. 사실은 계속 보고 싶었는데, 이제야 왔어. 미안."

말을 하고 있으니까 진짜 소망이가 듣고 있는 것 같았다.

"그때 네가 나한테 놀아 달라고 했는데, 못 놀아 줘서 미안해."

물론 대답은 없었다. 하지만 말하는 걸 멈출 수 없었다.

"그런데 너 왜 마녀의 숲으로 갔던 거야? 넌 겁도 많고, 마녀의 숲에 가는 거 싫어했잖아."

다시 눈물이 나올 것처럼 코끝이 찡해졌다.

"네가 죽은 뒤로 너무 허전해. 엄마 아빠도 엄청 이상해졌어. 미워 죽겠어."

몸속 어딘가가 싸르르, 아파 왔다. 나는 거기가 바로 심장일 거라고 생각했다.

"하지만 언젠가는 나도 널 만날 거야. 나도 언젠가는 죽을 거니까. 그리고 늙어서 죽기 전에 지구에 종말이 올 수도 있고. 그럼 널 더 빨리 볼 수 있겠지."

비로소 나는 여기에 온 이유를 깨달았다. 소망이에게 말을 걸고 싶었던 것이다. 마지막 인사를 하지 못하고 헤어진 소망이한테 미안하다고 말하고 싶었다.

"그러니까 기다리고 있어. 거기에는 너랑 잘 맞는 친구가 있어서 재밌게 놀고 있었으면 좋겠다."

나는 도로의 바닥에 손을 갖다댔다. 마치 그곳에 소망이가 잠들어 있는 것처럼.

"소망아, 사랑해. 그리고 미안해. 너무 미안해."

소망이에게 마음속으로 이야기를 전하는데 맞은편에서 인기척이 느껴졌다. 나는 고개를 들고 어두운 수풀 쪽을 바라봤다. 두 개의 눈과 마주쳤다. 순간 소리를 지를 뻔했지만 나는 꾹 참고 그 사람을 보았다. 점차 어둠에 눈이 익자 길고 뻣뻣한 머리, 씻지 않아서 더러운 얼굴이 보였다. 그건 분명 마녀였다! 선명하게 보이지는 않았지만 확신할 수 있었다. 나를 보고 있는 건 내가 알던 예전의 그 마녀였다. 공포가 밀려왔지만 나는 움직이지 않고 마녀의 눈을 바라보았다. 왜 그랬는지는 모르겠다. 대신 마음속으로 주문을 외듯 말했다. 소망아, 누나를 지켜 줘. 제발 누나를 지켜 줘. 마녀는 나를 계속 지켜보다가 이윽고 몸을 돌려 멀어졌다. 그 뒤에 나도 원래 있던 놀이터로 되돌아갔다.

밤이 되자 놀이터 근처에는 사람이 거의 보이지 않았다. 마치 마녀를 본 일이 꿈속의 일처럼 느껴졌고, 이제야 다시 현실로 돌아온 것 같았다. 편의점에 들러서 뭐라도 먹고 집에 돌아갈 생각이었다. 꺼 뒀던 핸드폰을 켰다. 엄마 아빠의 메시지가 와 있었다.

너 지금 어디야?
늦었으니까 빨리 들어와.
고희망, 왜 전화 안 받니?
희망아, 엄마 아빠한테 전화 좀 해 줘. 별일 없는 거지?

엄마 아빠의 문자는 명령에서 애원으로 바뀌고 있었다. 갈 곳이 집밖에 없다는 게 서러웠다. 싸우지 않았으면 지수에게 연락이라도 해 볼 텐데.

돌아갈 차편을 검색하다가 나는 예상외의 상황에 직면했다. 지금 운행하는 지하철로는 서울까지 갈 수가 없었고, 시외버스 막차는 십 분 전에 떠났다. 서울로 돌아가는 다른 차편은 아무리 검색해도 나오지 않았다. 그제야 돌아갈 방법을 미리 생각하지 않았다는 걸 깨달았다.

근처 편의점에서 컵라면을 사 먹으면서 어떻게 해야 할지 고민했다. 이미 밤 열 시 반이었다. 도착했을 즈음 어둑해지기 시작한 하늘이 완전히 어두워졌다. 밝고 사람이 있는 곳으로 가고 싶었다. 아파트에서 나오는 빛으로 놀이터는 밝았지만, 지나다니는 사람은 뜸했다. 최대한 천천히 컵라면을 먹으면서 한참을 서 있다가, 그마저도 눈치가 보여서 밖으로 나왔다.

아무리 생각해도 엄마한테 전화하는 방법밖에 없었지만, 버튼을 누르는 게 망설여졌다. 엄마가 나에게 한 말들이 떠올랐다.

'자식이라고 하나 있는 게 왜 이렇게 차갑니?'

'진짜 애 속을 모르겠어.'

'정말 무섭다. 소름 끼쳐.'

어떻게 그런 말을 할 수가 있지? 다시 생각해도 화가 나서 무서운 것을 잠시 잊을 수 있었다.

집을 완전히 나오려고 했던 건 아니지만, 기왕 이렇게 된 거 밤을 새 보자는 오기가 생겼다. 머리가 빠르게 돌아갔다. 찜질방! 근처에 찜질방이 있었다. 돈도 있고, 십오 분 정도만 걸으면 될 것 같았다.

목적지가 생기니까 가만히 있는 것보다 훨씬 마음이 편했다. 걸으면서 생각도 정리할 수 있었다. 한 번도 허락 없이 집 밖에서 잔 적은 없지만, 하루쯤은 괜찮을 것 같았다. 십오 분쯤 걸으니 영업 중인 찜질방에 도착했다.

"학생이야?"

카운터의 주인 아줌마가 내 얼굴을 보며 말했다.

"네."

"학생은 열 시 이후엔 찜질방 이용 못 해요. 어른이랑 와."

"저 별거 안 하고, 수면실만 이용할 건데요."

"그래서 못 받아 주는 거야. 저번에도 가출한 애들 받아 줬다가 난리가 났었어. 그냥 집으로 가요."

신발도 벗지 못하고 쫓기듯 밖으로 나왔다. 기죽지 말자고 생각하며 근처 피시방에도 가 보았다. 모두 청소년은 열 시 이후 이용 불가였다. 찜질방과 피시방이 있는 거리에는 술집이 많았다. 열한 시가 넘어가자 취한 사람들이 걸어다니기 시작했다. 몸을 가누지 못하고 여기저기 부딪히며 걷는 사람들을 피하면서 걸었다. 그러다가 내 앞으로 비둘기 떼가 날아와서 소리를 지르고 말았다. 비둘기들은 누군가의 토사물을 쪼아 먹기 시작했다. 도망가듯이 걷다 보니 어느새 왔던 길을 되돌아오고 말았다. 다시, 놀이터였다.

놀이터 벤치에 앉았다. 한밤중의 골목길도 무서워하지 않던 나였는데, 간혹 지나다니는 사람들의 소리만 들려도 화들짝 놀랐다. 지구 종말이 올 거라면 기왕이면 오늘 왔으면 좋겠다고 생각했다. 그렇다면 나는 하나도 아쉬울 게 없을 것 같았다.

나는 배터리가 닳을까 봐 꺼 두었던 핸드폰을 켰다. 벌써 자정이 넘었다. 아까보다 숫자가 늘어난 부재중 연락은 확인하지 않았다. 연락하고 싶은 사람이 딱 한 명 떠올랐다. 삼촌이었다. 신호가 한 번 울리자마자 삼촌이 전화를 받았다.

"희망아, 지금 어디야."

삼촌 목소리를 들으니까 눈물이 날 것 같았다.

"삼촌, 나 여기 예전에 살던 아파트 놀이터야. 나 데리러 와 주면 안 돼? 엄마한테 말하지 말고 삼촌만 와. 꼭 삼촌이 와야 해."

"바로 갈 테니까 어디라도 들어가 있어."

"근데 나 좀 무서워."

"삼촌이 빨리 갈게. 무서우면 삼촌이랑 계속 통화하면서 가자."

"나 배터리도 없어."

"그럼 안전한 데서 기다려. 한 시간쯤 걸리니까 그때 놀이터 근처에서 만나. 알았지?"

전화를 끊고 근처 문을 연 카페를 검색하다가 핸드폰이 꺼져 버렸다.

28

삼촌이 도착한 건 한 시간이 지난 뒤였다. 하지만 체감상 그보다 긴 시간이 흐른 것 같았다.

원통 모양의 미끄럼틀 안에 몸을 감추고 인기척이 느껴질 때마다 삼촌이기를 바랐다. 그러다가 다른 생각에 빠져들기도 했다. 마치 내가 종말을 맞은 H가 된 것 같다는 생각도 했다. 혼자서 살아남는다는 건 결코 행운이 아닌 것 같았다.

한참이 지났을 때 '희망아! 희망아!' 하고 부르는 소리가 희미하게 들렸다. 재빨리 미끄럼틀 밖으로 나와 '삼촌!' 하고 외쳤다.

"희망아!"

"삼촌!"

"희망아!"

"삼촌!"

삼촌의 목소리가 점점 가까워지고 있었다. 누군가가 창문 밖으로 '누가 오밤중에 희망을 찾아!' 하고 소리를 질렀다. 삼촌을 만나자마자 눈물이 나왔다. 왜 우는지도 잘 모르는 채, 삼촌 앞에서 참지 않고 엉엉 울어 버렸다.

차로 가면서 삼촌은 벌벌 떠는 나를 담요로 감쌌다. 사실 그렇게 춥지는 않았는데, 그냥 몸이 덜덜 떨렸다. 문득, 소망이가 죽었을 때 내가 어땠는지가 떠올랐다. 그때도 울었던가? 누가 나를 혼내는 것도 아닌데 장례식장 한구석에서 몸을 웅크리고 있던 것만 생각났다. 그때 다 울지 못해서 지금 눈물이 나오는 거구나. 그런 생각이 들었다.

삼촌을 만나 한바탕 울고 나니까 피곤이 밀려왔다. 너무 졸려서 삼촌한테 미안한 마음도 잠깐 접어 두고, 유리창에 머리를 기댄 채 말했다.

"삼촌, 나 집에 가기 싫은데."

"사실 나도 그래."

삼촌도 나를 보면서 싱긋 웃고는 말했다.

"우리 달 보러 갈래?"

삼촌이 날 데리고 바로 집에 갈 줄 알았는데 의외였다. 나는 무조건 찬성이었다. 어디로 가는 거냐고 묻지도 않았다. 삼촌도 말없이 차를 몰았다. 나는 시트에 몸을 파묻었다. 창밖으로 엄마와 아빠, 나와 소망이가 살았던 도시가 멀어지고 있었다.

우리는 발이 닿는 대로 떠났다. 바다를 보러 가기도 하고, 천문대에서 별을 보기도 하고, 공룡 발자국을 보기도 했다. 매번 다른 집에서 잠을 잤고, 다른 마트에 가서 음식을 구했다.

한번은 학교에서 소풍을 왔었던 놀이공원에 도착했다. 작동을 멈춘 관람차, 칠이 벗겨진 회전목마와 롤러코스터를 보았다. D가 혼잣말처럼 말했다.

"여기 개장했을 때 엄청 좋았었는데. 줄도 엄청 길었어."

"그랬었지. 롤러코스터 타려고 오십 분이나 기다렸어."

"이제 일 년 좀 넘은 건데 너무 심하게 낡은 거 같아."

D의 말대로 세상은 첫 번째 종말이 온 뒤 일 년 동안 기이할 정도로 낡아 갔다. 나는 얼마 전에 길에서 만난 아이가 해 준 이야기를 했다.

"사람이 오래 안 살면 집이 무너지기도 한대."

"원래 집은 사람이 안 살면 약해져."

쓰는 사람이 없으면 새것으로 남아 있어야 할 것 같은데 이상하다고 생각했다.

D는 매일 일기를 썼다. D는 기록이 중요하다고 늘 말했다. 홈에서의 기록이 담긴 노트를 가져와 여행을 하면서 보고 들은 것을 모두 꼼꼼히 적었다.

사실 나는 D가 기록에 열중하는 게 이해가 되지 않았다. 어차피 우리는 모두 종말할 것이고, 그 노트는 누구에게도 영원히 읽히지 않을 가능성이 크기 때문이다.

가끔은 그 노트를 훔쳐보기도 했다. 기록을 위해서가 아니라, 아이들의 흔적을 기억하기 위해서였다. 이미 종말한 홈의 아이들이 남겨 놓은 '엄마 아빠 보고 싶다' '복숭아 먹고 싶다' 같은 메모들을 바라보고는 했다. 그중에는 동글동글한 J의 글씨체도 있었다.

내가 D에게 운전을 배운 뒤로 우리는 번갈아 가며 운전을 했다. 어차피 길은 텅 비어 있어서 교통 법규 따위는 중요하지 않았다. 우리는 길위에서 새로운 것들을 배웠다. 기름을 흘리지 않고 넣는 법을 배웠고, 잠겨 있는 문을 따는 법도 알게 됐다. 잘 때가 되면 D와 나는 누가 먼저 빈집의 문을 따는 데 성공하는지 시합을 했다.

가끔 길에서 사람을 만날 때도 있었다. 아이들은 곳곳에서 홈과 같이 무리를 지어서 살고 있었다. 우리는 아이들을 만날 때마다 종말의 순간을 묻고는 했다. 아이들은 종말의 순간에 울고 있었다는 사실을 증언했고, 그러면 D는 그 기록을 노트에 남겼다.

한번은 길에서 만난 아이가 물었다.

"너희들은 어디로 가는 거야?"

"그냥, 여기저기 돌아다녀. 여행을 하는 거야."

D의 대답에 아이가 고개를 갸웃거렸다.

"위험하지 않아? 언제 죽거나 사라질지 모르는데, 안전한 곳에 있고 싶지 않아?"

나도 한때 그런 생각을 한 적이 있다. 가끔 왜 떠돌아다니는 건지 의문이 들었다. 홈에 있을 때는 잘 곳을 걱정하지 않아도 되었는데, 홈에 있을 때는 매일 먹을 걸 구하러 가지 않아도 되었는데, 홈에 있으면 적어도 몇 명의 친구들은 항상 내 곁에 있었는데, 하고 말이다.

하지만 바다에서 해가 뜨는 걸 봤을 때, 거의 죽어 버린 숲에 봄꽃이 피어난 걸 발견했을 때, 골목길을 걷다가 어린 시절에 길을 잃었던 기억이 떠오를 때마다 여행하길 잘했다는 생각이 들었다. 나는 왜 돌아다니냐고 물은 아이에게 대답했다.

"기억하기 위해서. 그래서 떠나는 거야."

29

나는 차 안에서 죽은 듯이 잤다. 삼촌이 깨웠을 때는 아직도 한밤중이었다. 삼촌이 준 바람막이 점퍼를 입고 '별 보러 가는 곳'이라는 표지판을 따라서 걸었다.

"저번에 삼촌이 여행할 때 왔던 곳이야. 오늘은 개기월식이 있을 거래."

숨이 찰 때까지 언덕을 올라갔다. 도착하니 생각보다 사람들이 많았다. 도착한 지 십오 분도 되지 않아 사람들 사이에 껴서 달이 사라지는 것을 보았다. 달이 다시 나타날 걸 알지만, 영영 사라진 것만 같아서 초조했다. 잠시 뒤에 달이 다시 보였을 때는 박수라도 치고 싶은 심정이었다. 사람들이 환호하는 와중에도 옆에 선 삼촌은 조용했다. 이름처럼 고요한 얼굴이었다.

"삼촌, 후회해? 그때 무대에 올라간 거."

"아니. 아무것도 안 하고 있었으면 더 망가졌을 거야."

"기사만 안 떴어도."

"그것도 각오한 일이야. 다만, 가족들한테 상처를 준 게 힘들었어."

"삼촌은 가족이 그렇게 중요해?"

"중요하지."

"자기 자신을 포기할 만큼 중요하냐고."

그러려던 게 아닌데 따지듯이 말해 버렸다. 삼촌이 날 물끄러미 바라봤다.

"난 스무 살만 되면 엄마 아빠한테서 멀리 떨어질 거야. 핸드폰 번호 바꾸고 연락도 안 할지도 몰라. 용돈도 내가 벌 거야. 절대 결혼도 안 할 거고, 애도 안 낳을 거야."

"왜 그렇게까지 생각해?"

"이 모든 불행의 시작은 결혼이라고. 생각해 봐. 우리 엄마 아빠도 결혼을 안 했으면 저렇게 싸울 일도 없었어. 아이도 안 낳았으면 좋았잖아. 나도 안 낳고, 소망이도 안 낳았으면 그렇게 힘들 일도 없었잖아. 사람이 늘어나는 만큼 그만큼 불행도 늘어나. 나는 그런 건 안 할 거야. 어차피 지구는 포화 상태고 때가 되면 망하겠지. 굳이 애써서 보탤 필요가 없어."

내가 급하게 말을 쏟아내자 삼촌은 할 말을 잃은 듯이 나를 보다가 말했다.

"난 희망이 네가 없으면 더 슬펐을 것 같은데. 삼촌도 없었으면 좋겠어?"

"……그렇다는 말은 아니고."

나는 작은 목소리로 말했다.

우리는 왔던 길로 다시 내려왔다. 밤이라 길이 잘 보이지 않아서 몇 번이나 발을 헛디뎠다. 언덕 아래로는 낭떠러지가 어둠 속에 파묻혀 있었다. 운이 나쁘면 여기서 넘어져 죽을 것이다. 이 길을 걷고 있는 사람들은 죽음이 생각보다 가까이 있다는 사실을 알고 있을지 궁금했다. 차가 있는 곳까지 걸어가는 동안 죽음에 대해서 생각했다. 유튜브에서 본 수많은 죽음과 내가 소설 속에서 만들어 낸 죽음, 그리고 소망이의 죽음까지. 죽음에 대한 생각이 가득 차서 머리가 무거워졌다. 내가 너무 조용하다고 느꼈는지 삼촌이 희망아, 하고 불렀다.

"무슨 생각을 그렇게 해?"

"삼촌도 죽음에 대해서 생각해 본 적 있어?"

"당연하지. 삼촌은 유서를 쓴 적도 있는걸."

생각지 못한 대답에 놀랐다.

"아, 대학 때 교양 수업 과제였어."

과제로 유서 쓰기를 낸다니, 참 특이한 수업이라고 생각했다.

"웰다잉(Well-dying)이라는 죽음 수업이었어. 유서도 써 보고, 버킷리스트도 만들어 보고, 관에 들어가 보는 체험도 했어."

"그런 게 있다고?"

"희망이 너도 유서를 한번 써 봐. 죽음에 대해서 생각하는 건 사실 건강한 거야. 너무 그 생각에 매몰되지만 않는다면 말이야. 누구나 죽음을 준비할 필요는 있으니까."

따뜻한 음료를 사 가지고 다시 차에 올랐다. 삼촌이 차를 출발시키자마자 나는 또다시 죽은 듯이 잠이 들었다. 졸다가 깼을 때는 졸음 쉼터에 잠시 차를 세운 뒤였다. 우리는 차 안에서 아침이 오는 걸 보았다. 해가 느리고 부드럽게 떠오르고 있었다.

가슴이 싸르르, 해졌다. 이 기분을 뭐라 표현해야 할지 고민했다. 삼촌이 나에게 말했다.

"희망아, 예전에 네가 그랬지. 네가 신이라면 종말이 와도 삼촌은 살려 줄 거라고."

"진심이었어."

"근데, 삼촌은 혼자 있는 건 싫어. 너무 외로울 것 같아."

삼촌은 웃지 않았다. 해를 바라보는 삼촌의 옆얼굴이 쓸쓸해 보였는데, 그건 어쩌면 내 기분이 쓸쓸한 탓인지도 몰랐다.

30

집에 도착했다. 삼촌이랑 있을 때는 괜찮았는데 집에 오니까 다시 가슴이 갑갑했다.

"엄마 아빠 화 안 났으니까 너무 걱정하지 마."

"삼촌, 나 데리러 와 줘서 고마워."

"괜찮아. 덕분에 해 뜨는 것도 보고 좋았어. 그리고 삼촌 지금 백수잖아. 시간 엄청 많아."

"그건 그렇네."

삼촌은 웃었다.

"그리고 오면서 생각해 봤는데 페스티벌에 가려고."

"나 때문에 그럴 필요는 없는데."

"네가 종말은 꼭 온다며. 그거 믿어 보려고."

"그럼. 피할 수 없지."

"그리고 이렇게 생각할 수도 있잖아. 종말이 어차피 오는 거면, 하고 싶은 말, 하고 싶은 행동 그냥 해도 된다고 말이야. 어차피 세상은 망할 거니까."

삼촌과 내가 나주 국밥에 들어서자 주방에 서 있는 아빠가 보였다. 나는 삼촌만 들리게 속삭였다.

"삼촌 그거 알아? 아빠가 국밥을 하도 만들더니 국밥이 되어 버렸어."

삼촌은 되묻지 않고 피식 웃었다.

할머니의 말이 떠올랐다. 아빠는 슬픔, 괴로움, 후회를 오랫동안 끓이고 끓여서 늘 같은 얼굴을 하고 있다는 말. 웃지도 울지도 않는 그 표정으로 아빠는 나를 보더니 국밥을 들고 와서 맞은편에 앉았다.

"먹어."

나는 뜨거운 국물을 떠 먹었다. 배가 고픈지 몰랐는데 국밥이 쉼 없이 입 안으로 들어갔다. 나주 국밥에 온 뒤로 가장 맛있게 먹은 국밥이었다. 왜 밤에 일하는 분들이 국밥집에 많이 오는지 알 것 같았다.

한참을 먹고 나서야 나는 겨우 물었다.

"엄마는?"

"엄마는 집에서 널 기다리고 있지."

"아빠, 미안해."

"소망이한테 다녀온 거야?"

나는 고개를 끄덕였다. 아빠 목소리가 걱정과 다르게 다정해서 눈물이 날 것 같았다. 나는 국밥을 꾸역꾸역 밀어 넣었고, 아빠는 반대편에서 그걸 지켜보았다.

"어제 삼촌이 너 데리러 가고 나서, 엄마랑 많은 얘기를 했어."

"무슨 얘기?"

엄마 얘기가 나오자 목소리가 기어들어 갔다.

"이런저런 얘기."

"응."

"너한테 미안하다는 얘기, 우리가 잘못한 것 같다는 그런 얘길 했어."

나는 듣고 있다는 뜻으로 고개를 끄덕였다. 아빠의 국밥 같은 얼굴에 슬픈 표정이 비쳤다.

'소망아, 봤지. 아빠한테 드디어 표정이 생겼어.'

나는 마음속으로 소망이한테 말했다.

집에 들어가는 건 용기가 필요했다. 어제 집을 떠날 때보다 더 큰 용기가 필요했다. 내가 들어가자, 소파에 앉아 있던 엄마가 일어났다. 엄마는 내 몸과 얼굴을 빠르게 훑었다. 나는 알 수 있었다. 어딘가 다친 데가 없는지 확인하려는 거였다. 내가 멀쩡하다는 걸 확인한 뒤에야 엄마는 내 손을 잡았다.

"고희망, 다시는 이러지 마. 다시는."

그제야 엄마의 핏발이 선 눈과 부은 얼굴이 눈에 들어왔다. 엄마의 겁먹은 얼굴을 보니까 마음이 약해졌다. 응, 하고 겨우 말하자 엄마가 나를 꼭 껴안았다. 어색하고 벗어나고 싶은 마음이 드는 동시에 엄마가 무척 말랐다는 생각이 들었다. 엄마의 어깨에 고개를 묻으며 옷에 눈물을 슬쩍 찍어 냈다.

엄마는 씻고 쉬라는 말만 하고는 나를 놔 주었다. 뜨거운 물로 샤워를 하고 머리를 말린 뒤 이불 속으로 들어가자 안전해진 기분이 들었다. 어제 있었던 일이 꿈처럼 느껴졌다.

'아무리 그래도 도로 위에서 너랑 만났던 순간은 잊지 않을게. 걱정 마.'

나는 소망이에게 맹세하듯 말하고는 잠이 들었다.

잠에서 깼을 때 지금이 몇 시인지 가늠이 되지 않았다. 꽤 잤다고 생각했는데, 세 시간밖에 지나지 않은 열한 시였다. 도하에게 전화가 몇 통 와 있었다. 메시지도 와 있었다.

정말 안 갈 거야?

삼촌은 막상 마음을 바꿔서 페스티벌에 가겠다고 했는데, 이번에는 내가 선뜻 가겠다는 마음이 들지 않았다. 삼촌이 와도 된다고 했지만, 어쩌면 내가 삼촌을 불편하게 할 수도 있다는 생각이 들었다. 지난번에 삼촌을 응원했던 일이 결국 엄마와 아빠, 삼촌의 마음까지 아프게 만들어서일지도 모른다. 괜히 방을 서성이던 나는 일단 집 밖으로 나갔다.

삼촌네 집은 문을 두드려도 반응이 없었다. 아마 페스티벌에 간 모양이었다. 집으로 돌아갈까 하다가 아래층 할머니 집으로 갔다.

늘 듣던 찬송가가 흘러나오고 있었다. 죄악이라는 단어가 나오는 찬송가, 할머니가 죄악을 '재악'이라고 발음하는 그 찬송가, 저번에 삼촌이 무대에 섰을 때 흘러나왔던 그 찬송가였다.

"할머니, 뭐 하고 계세요?"

"희망이 잘 왔다. 뻥튀기 튀겨 놨으니까 먹고 가."

할머니는 어제의 소동을 모르는 게 분명했다. 그랬다면 한바탕 잔소리가 쏟아졌을 테니까.

아침에 국밥 한 그릇 먹은 걸로는 부족했는지 뻥튀기가 끝도 없이 입으로 들어갔다. 역시 스트레스에는 먹는 게 최고였다. 열다섯 개째 뻥튀기를 꺼내려는데 할머니가 물었다.

"근데 희망아, 느이 삼촌 회사는 다시 구했냐?"

"면접 보고 왔대요."

"어휴, 그만둔 게 맞구먼!"

할머니가 슬쩍 떠본 질문에 내가 넘어갔다는 걸 깨달았다.

"할머니, 삼촌 회사 그만둔 거 모르셨어요?"

"네가 지금 알려 줬잖냐. 뭐가 있는 거 같은데 이놈의 자식들이 아무도 말을 안 해 줘. 그 아까운 회사를 썩을 놈 때문에."

할머니는 억울하다는 듯이 가슴을 팡팡 쳤다.

할머니한테 꼼짝없이 당했다는 생각이 들었다. 기왕 이렇게 된 김에 궁금한 걸 물어보기로 했다.

"할머니는 삼촌이 잘못됐다고 생각하세요?"

할머니는 한숨을 쉬었다. 같은 찬송가가 반복해서 나왔고, 죄악이라는 가사가 자꾸 귀에 꽂혔다.

"주님이 창조하신 것 중에 잘못된 게 있더냐. 괜찮다."

뭐가 괜찮다는 건지 이해가 가지 않았다. 할머니가 말을 이었다.

"내 새끼 내가 모르겠냐? 걔가 좀 다르다는 건 알고 있었어. 그냥 기도할 뿐이지."

"무슨 기도요?"

"길 잃은 양이 다시 제 길을 찾길 바라는 거지. 그분이 다 뜻하신 바가 있을 거다."

"근데 할머니, 할머니가 그랬잖아요. 이 세상도, 우리도 다 신이 만든 거라고요. 그럼 이것도 다 신이 한 일이잖아요?"

"무슨 말이냐?"

"소망이는 죽었고, 삼촌은 남자를 좋아하잖아요. 그것도 신이 그렇게 만든 거 아니에요?"

"희망아, 가끔은 그렇게 믿음이 시험에 들기도 한단다."

할머니가 내 손을 꼭 잡더니 말했다.

"그래도 희망아, 믿는 마음하고 믿지 않는 마음이 같이 있을 때는 믿는 마음을 선택해야 한다."

나는 무슨 말인가 싶어서 할머니 얼굴을 보았다.

"믿음도 자기가 선택하는 거야. 용기가 필요한 일이야. 행복은 믿고 난 다음에 찾아오는 거다. 너희 삼촌도 지금은 헤매고 있지만, 언젠가 답을 찾을 거다."

할머니는 분명 신에 대한 믿음을 얘기한 거겠지만 나는 할머니의 말을 듣는 순간, 다른 문제에 대한 답을 찾았다.

"할머니, 고마워요!"

만약 옳다고 생각하는 일이 있다면 나 자신을 믿어야 했다. 삼촌을 응원하러 가야겠다는 생각이 들었다.

도하의 집까지 뛰어가며 전화를 걸었다.

"가자! 요한 삼촌한테 가자!"

31

날씨가 끝내주게 좋았다. 저번에 왔을 때보다 사람도 많고 부스도 빽빽했다. 지난번의 그 언니가 오늘도 부스에 보여서 이번에는 도하랑 같이 페이스 페인팅을 받기로 했다. 도하는 저번에 내가 했던 여섯 빛깔 무지개를 그렸다. 언니는 나에게도 물었다.

"뭘로 그려 줄까요?"

"글씨를 써 주세요. 한쪽 볼에는 고요한, 다른 쪽에는 희망."

"고요한 희망이라, 듣기 좋은 말이네요."

얼굴에 그림과 글씨를 그린 채 페스티벌을 둘러봤다. 도하는 나보다 적극적으로 여기저기 부스에 들어가 보면서 신기해했다.

무대 쪽에서 바닥이라는 남자와 이야기하는 삼촌을 발견했다. 삼촌이 나와 도하를 반갑게 맞이해 주었다.

"도하도 같이 왔네!"

삼촌이 도하의 어깨를 두드렸다.

"요한 씨 조카! 또 보네요."

바닥도 알은 체를 했다. 바닥은 저번하고 똑같이 가슴에 'Live a Life'라고 적힌 티셔츠를 입고 있었다. 머리는 저번보다 조금 짧아진 것 같았지만 여전히 곱슬거렸다. 그 사이 친구가 많이 생겼는지 삼촌은 사람들과 얘기하느라 바빠 보였다. 더워서 땀범벅이 된 우리를 보더니 바닥이 시원한 음료수를 주겠다고 했다.

우리는 파란색 천막이 쳐진 진행팀 부스로 들어갔다. 바닥이 도하에게 물었다.

"이 친구도 요한 씨 조카?"

"얘는 제 친구예요."

"페스티벌에 관심이 있나 봐요?"

"아, 근데 얘는 게이 아니에요!"

나도 모르게 말을 내뱉어 버렸다.

"나 아무 말도 안 했는데?"

놀리는 듯한 바닥의 말에 얼굴이 새빨갛게 달아올랐다.

"그냥 그렇다고요."

나는 거의 들리지 않을 만큼 작은 목소리로 말했다. 도하가 말했다.

"어릴 때부터 요한 삼촌이랑 친했어요. 오늘은 삼촌 응원하려고 왔어요."

우리는 바닥이 내민 콜라를 받아 들었다. 어찌나 시원한지 닿는 순간 손끝이 찌릿할 정도였다.

"지난번에 기사 나간 것 때문에 힘들었죠?"

바닥이 콜라 캔을 따면서 나에게 물었다. 소리가 경쾌했다.

"네, 좀 그랬어요."

"사람들 참 부지런해요. 남 미워하는 데 자기 에너지를 쓰는 거, 난 이해가 안 가."

"바닥 님도 그런 경험 하신 적 있죠?"

"많죠. 엄청."

대답과는 다르게 바닥의 표정에서 불쾌한 기색은 찾아볼 수가 없었다.

"화나지 않으세요? 잘못한 것도 없는데."

"개소리에는 일일이 반응하고 싶지 않아서요. 마음이라는 게 무한한 것 같지만, 사실 한정된 자원이에요. 쓸데없는 데 마음을 낭비하면 좋은 데 쓸 마음이 그만큼 줄어들더라고요."

나는 바닥의 말에 동의할 수 없었다. 항의하고 싸워야 하지 않을까. 가만히 있으면 사람들이 괴롭혀도 된다고 생각할 것이다.

"우리는 우리 방식대로 싸우고 있어요. 오늘 재밌게 노는 것도 우리한테는 싸우는 거예요."

불만스러운 내 표정을 읽었는지 바닥이 덧붙였다.

내내 조용하던 도하가 말했다.

"저도 궁금한 게 있는데요. 근데 왜 이름을 바닥이라고 지으셨어요?"

"바닥에 내려가 본 사람은 용감해지거든요. 올라갈 일만 남았으니까."

바닥은 빈 콜라 캔을 버리고 일어나면서 말했다.

"난 먼저 갑니다. 곧 시작할 거예요!"

나와 도하도 남은 콜라를 마시고 밖으로 나왔다.

행사가 시작되었다. 발언대는 저번과 비슷하게 사람들이 한 명씩 나와서 자기 얘기를 하는 방식이었다. 첫 번째는 이십 대 레즈비언 커플이 나와서 동성 결혼 합법화에 대해서 이야기했다. 그다음에는 무지개색으로 얼굴을 페인팅한 남자가 나왔다. 그다음은 우리 아빠 나이 정도 되었을 것 같은 아저씨가, 그다음은 저번에도 보았던 고등학생이 나왔다. 이제 삼촌의 차례였다.

'고요한-모자이크 밖으로'

스크린으로 된 발언대 명단에 삼촌의 이름이 떴다. 도하와 나는 삼촌이 우리를 잘 볼 수 있게 무대 바로 앞에 섰다. 도하가 '고요한' 피켓을, 내가 '희망' 피켓을 들었다.

삼촌이 마이크를 톡톡 두 번 두드리더니 말을 시작했다.

"오늘 두 번째로 무대에 섭니다. 사실은 오늘 오지 않으려고 했어요. 지난번에 사진이 인터넷에 올라가고 나서, 많이 힘들었거든요. 가족들도 저 때문에 힘든 시간을 보냈고요."

삼촌은 인터넷에 기사가 올라간 뒤에 어떤 일이 일어났는지, 회사에서의 반응은 어땠는지 차분하게 말해 나갔다. 그 뒤의 이야기들은 저번과 비슷한 부분도 있고, 새롭게 추가된 부분도 있었는데, 확실한 건 삼촌이 저번보다 덜 떨고 있었다는 것이다. 이래서 경험이 중요하구나, 생각하는데 갑자기 내 얘기가 나왔다.

"제가 이곳에 오기로 마음먹은 건 사실 제 조카 덕분입니다. 어제 조카가 저한테 가족이 자기 자신보다 중요하냐고 묻더군요. 문득 나 스스로를 제대로 대면한 적조차 없다는 생각이 들었습니다. 저 자신을 감춘다는 건, 누군가를 당당하게 사랑하고 사랑받을 기회조차 잃는다는 뜻이라는 걸 깨달았어요. 마지막으로 조카 희망이한테 고맙다고 말하고 싶습니다. 제 조카는 종말에 대한 소설을 쓰는데요. 사실 제 조카는 저의 가장 큰 희망입니다."

나는 풋, 웃음이 터지고 말았다. 도하가 환호성을 지르며 '고요한' 팻말을 흔들었다. 나도 '희망'이라는 글씨를 꼭 쥐고는 머리 위로 들어서 흔들었다. 고요한 희망. 다섯 글자가 춤을 추듯 넘실거렸다.

행사가 끝나고 할 일이 남았다는 삼촌과 인사를 하고 도하와 햄버거집에 왔다. 치킨 버거를 우적거리는 도하에게 물었다.

"어땠어?"

"재밌던데. 볼 것도 많고. 그리고 사람들이 뭐랄까, 멋있었어. 그렇게 자기 생각을 무대에서 말한다는 게."

나는 고개를 끄덕였다. 페스티벌에서 용감한 사람들을 많이 봐서 그런지 나도 도하에게 솔직한 마음을 말하고 싶었다.

"도하야, 너 아직도 나랑 사귀고 싶어?"

"응."

간결한 대답에 웃음이 나왔다. 내가 물었다.

"근데 사귀면 뭐가 달라지는 거야?"

"그냥 더 친해지는 거 아닐까?"

나도 도하처럼 단순하게 생각할 수 있으면 좋겠다. 하지만 그건 진짜 내가 아니었다.

"나는 너랑 사귀고 싶은지는 잘 모르겠어. 하지만 너랑 같이 있으면 편하고 좋아. 마치 소울메이트처럼."

그게 솔직한 내 마음이었다. 도하는 대답 없이 나를 빤히 보았다. 마치 놀이터에서 벤치에 앉아 있는 나를 보았을 때처럼, 골목길에서 길을 잃은 나에게 말을 걸었을 때와 같은 표정이었다.

"그럼 소울메이트 하자. 사귀는 건 아니고 소울메이트."

"그래."

역시 도하는 단순하고 명쾌했다. 그래서 내가 도하를 좋아하는 걸지도 모르겠다.

우리는 햄버거를 남김없이 해치우고 집으로 향했다. 친구에서 소울메이트가 되었지만, 뭐가 달라졌는지는 잘 모르겠다. 우리는 왔을 때와 똑같은 모습으로 지하철역에 들어왔다. 도하가 물었다.

"지수랑은 화해했어?"

"아니."

사실 지수와 아직 화해하지 못했다는 사실이 잊을 만하면 떠올라서 괴로웠다. 지수한테 주말에 있었던 일을 털어놓고 싶었다. 조금 더, 용기를 내야만 했다.

여행 구십 일째, 우리는 D의 아지트와 놀랍도록 비슷한 집을 발견했다. 초록색 철제 대문에 정원의 크기까지 비슷했다. 심지어 다락도 있었다. 거기서 하루를 보내기로 했다.

D는 아지트에서 가져온 방울토마토 화분부터 살펴보았다. 이제 초록색 토마토가 다섯 개로 늘었고, 알도 조금씩 굵어지고 있었다. D는 뿌듯

한 표정으로 말했다.

"조금 있으면 빨간색 토마토도 볼 수 있을 것 같아."

"그 전까지 우리가 살아 있을 수 있을까?"

내가 무심코 내뱉은 말에 D는 담담한 어조로 말했다.

"그건 모르는 일이긴 하지."

언제 찾아올지 모르는 종말을 수없이 상상해 보기도 했지만, 막상 그런 얘기를 입 밖에 낸 적은 없었다. 둘 중 하나가 종말 하면 누군가는 혼자 남는다는 사실에 대해서 모른 척해 왔다. 하지만 왠지 오늘은 종말에 대해서 이야기하고 싶었다.

"D, 넌 왜 종말에 대해서 알고 싶어? 어차피 우리가 바꿀 수 있는 것도 없는데."

D는 조심스럽게 방울토마토 줄기에 매달린 잎을 쓰다듬으며 말했다.

"나는 우리가 겪은 게 종말이라고 생각하지 않아. 난 종말이라는 말이 싫어. 이게 진짜 종말이라면, 우리가 남았을 리가 없잖아."

"언젠가는 사라질 거잖아."

"하지만 아직 살아 있잖아. 이유가 있을 거야."

낙관적인 D의 말에 나는 웃고 말았다.

"우리가 살아남은 거 말이야, 불쌍해서일지도 몰라. 우리는 울고 있는 아이들이었잖아."

"기쁠 때도 눈물이 나오는데."

"신이 보기에는 그저 우리가 불쌍한 애들이었던 거야."

나도 D도 말이 없었다. 나는 D에게 괜히 미안해졌다.

우리는 그날 파인애플 통조림으로 저녁을 먹고, 다락에서 시간을 보냈다. D는 오랜만에 무드등을 꺼냈다. 오로라 같은 빛을 보면서 처음 아지트에 갔던 날이 떠올랐다.

"왜 나한테 같이 가자고 했어? 다른 아이들도 있잖아."

D가 그날처럼 생각에 잠긴 얼굴로 말했다.

"네가 늘 종말을 기다리는 것 같아 보여서."

D의 말이 맞았다. 나는 나에게도 종말이 찾아오길 기다렸다. 여행을 시작할 때도 D보다 먼저 사라질 수 있기를 기도했다. 만약에 D가 먼저 떠나면 주머니칼이든 뭐든 써서 스스로 종말 하겠다고 생각했다. 그러면 가족이 있는 곳으로, J와 다른 친구들이 있는 곳으로 갈 수 있을 것이다. D는 나를 보며 말했다.

"종말이 올 때까지는 살아 있겠다고 약속해 줘."

"왜 살아 있어야 하는지 모르겠어."

"내가 세운 가설이 있어. 사람들이 사라질 때 어떤 세계로 옮겨 가는 것 같다고 했잖아. 근데 자살하면 그 세계로 못 갈 수도 있어."

"말도 안 돼."

"외계 생명체가 어떤 이유로 인류를 통째로 다른 행성에 이주시키고 있을 수도 있어. 하지만 그 전에 스스로 죽어 버리는 건 완전 다른 문제야."

"D, 넌 책을 너무 많이 읽었어."

말은 그렇게 했지만, 한편으로는 D의 말이 맞을 수도 있다고 생각했다. 이미 우리는 믿을 수 없는 일을 너무 많이 겪은 뒤였다.

그날 밤 J와 홈의 아이들 사진을 꺼내서 한참을 보다가 잠들었다. 여행 내내 들고 다닌 J의 가방에는 이제 내가 찍은 사진들로 가득했다. 그중에는 J의 사진도 들어 있었다. 만약 D와 J가 있는 세계에 나만 못 간다면, 그건 무척 억울한 일일 것 같았다.

후기.
처음으로 후기를 남깁니다.
나의 사랑하는 친구 J, 부디 나를 용서해 줘.
나에게 가방이 있다면 난 네 사진을 넣어 둘 거야.

32

"으, 간지러워."

지수는 내가 쓴 고백에 몸서리를 치면서도 사과를 받아 주었다. 우리는 그동안 쌓인 얘기를 푸느라고 입을 바쁘게 움직였다. 고작 며칠 동안의 이야기일 뿐인데도 할 얘기가 많았다.

"너, 집 나갔었다며? 너희 엄마가 우리 집까지 전화하셨어."

나는 집 나갔던 얘기를 지수에게 과장을 보태서 늘어놓았다. 지수랑 수다를 떠니까 심각했던 일도 재밌는 추억이 되는 것 같았다. 지수가 선물 상자를 내밀었다.

"너 곧 생일이잖아. 이걸로 촌스러운 네 텀블러 디자인 좀 가려 봐."

지수의 선물은 보라색 실로 뜬 텀블러 주머니였다. 나는 너무 마음에 들어서 까슬한 천을 볼에 마구 비벼 댔다. 지수는 내 모습에 어이없어 하면서 물었다.

"근데 이도하는 어떻게 알았대?"

"도하네 누나가 내 소설을 추천해 줬대."

"대박. 진짜 세상 좁다니까."

"네가 얘기한 게 아니라는 거, 사실은 처음부터 알고 있었어."

"나도 알고 있었어."

"뭘?"

"내가 안 그랬다는 걸 네가 알고 있다는 걸 나도 알고 있었다고."

말장난 같은 대화가 이어지다가 우리는 동시에 팟, 하고 웃음이 터져 버렸다.

"그냥 누구한테 화풀이하고 싶었나 봐. 누구라도 날 받아 줄 사람한테."

"아, 짜증나네. J는 죽여 버리더니, 내가 우습냐?"

"우습지 않아. 너랑 얘기 안 하니까 진짜 살 맛 안 나더라."

그때를 생각하니 또다시 침울해졌다. 지수와 냉랭한 시간을 보내는 동안 나는 우울했다. 지수는 전혀 우스운 아이가 아니었다. 좀 웃기긴 하지만.

"차라리 잘됐다."

지수가 문득 말했다.

"뭐가."

"넌 절대 네 입으로는 고백 안 할 테니까."

"무슨 고백? 나 도하랑 사귈 생각 없는데?"

"그런데 종말 소설을 그렇게 달달하게 쓰냐?"

지수한테서 폭풍우처럼 잔소리가 쏟아질 기색이 보여서 나는 벌떡 일어나 교실 밖으로 향했다.

"갑자기 어디 가?"

"선인경한테. 쉬는 시간 동안 끝낼 거야."

선인경네 반은 옆옆 교실에 있었다. 나는 조용히 선인경의 앞자리로 가서 선인경을 불렀다.

"인경아."

내 목소리가 낮은 편이어서 그런지, 작게 말해도 주변을 주목시키는 효과가 있었다. 노린 건 아닌데 교실이 순식간에 조용해졌다.

"네가 글 올린 거 맞지?"

"무슨 말인지 모르겠는데."

선인경은 모른다고 했지만, 눈에 띄게 허둥대는 게 보였다.

"내가 너한테 인사 못 한 거 미안해. 그런데 못 본 척한 게 아니라 못 본 거야. 그리고 네가 큰 소리로 나를 한 번 더 부를 수도 있지 않았을까? 나하고 얘기가 하고 싶으면 네가 먼저 말을 걸 수도 있잖아."

"대, 대체 무슨 말을 하는 거야?"

"인경아, 선인장에 왜 가시가 많은지 알아? 자기를 보호하려고 그런 거야."

선인경은 자신의 입술을 사정없이 깨물기 시작했다. 자기 몸을 괴롭혀 봤자 나아지는 것도 없을 텐데.

"근데 때로는 그 가시가 누군가한테 상처를 줄 수도 있더라고. 나도 그럴 때가 있었는데, 이제 안 그럴 거야."

"하, 재수 없어."

선인경이 중얼거리는 소리가 들렸지만 별로 신경 쓰이지 않았다. 교실을 나오면서, 지수가 소리 나지 않게 박수를 쳤다.

33

저녁 식탁에 케이크가 올라왔다. 초코케이크 위에 큰 초가 하나, 작은 초가 다섯 개 꽂혀 있었다.

나는 생일을 싫어했다. 늘 실망했기 때문이다. 생일 축하한다는 형식적인 인사, 숙제처럼 사 놓은 케이크는 전혀 반갑지 않았다. 엄마 아빠가 밝은 얼굴로 축하해 주길 바랐다. 기대하지 않으려고 노력했지만, 막상 조용히 지나갈 때마다 화가 났다. 내 마음은 늘 변덕스러웠다.

"희망이 생일 축하한다."

아빠가 초에 불을 붙이며 말했다.

"초코케이크네. 이거 소망이가 좋아하던 건데."

내가 소망이의 이름을 꺼내자 순간적으로 공기가 멈추는 느낌이었다. 아빠가 말했다.

"생크림케이크는 너무 작은 거밖에 없더라고."

"그거 기억나? 소망이는 초코 좋아하고 나는 생크림 좋아해서 맨날 싸웠잖아. 그래서 소망이 생일에는 초코케이크 먹고, 내 생일에는 생크림케이크 먹었었지."

"희망아, 먹기 싫어? 나중에 다시 사 줄까?"

나는 고개를 저었다. 소망이 이야기를 하고 싶었다. 어쩌면 소망이가 죽은 뒤부터 줄곧, 나는 엄마 아빠와 소망이 이야기를 하고 싶었던 것인지도 모른다.

"아빠 근데 요즘에는 맛이 반반씩 나눠진 게 나오더라? 그거 볼 때마다 소망이가 생각났어. 예전에도 그런 게 있었으면 안 싸웠을 텐데.”

“그러니.”

“소망이가 죽은 날, 나 소망이가 마녀의 숲으로 뛰어가는 거 봤어.”

엄마가 미간을 좁히고 말했다.

“그게 무슨 말이야? 마녀의 숲이 어딘데?”

“소망이가 죽은 그 도로 있잖아. 그 건너편 공터가 마녀의 숲이야. 원래 소망이는 거기를 무서워했어. 그날은 왜 거기로 갔는지 모르겠어. 소망이가 놀아 달라고 했는데, 내가 싫다고 했어. 저리 가라고 모래를 뿌렸어. 그래서 소망이가 화가 나서 마녀의 숲으로 갔나 봐.”

내내 조용하던 엄마가 고개를 들었다. 엄마의 눈에 눈물이 맺힌 게 보였다.

“그때 엄마가 나한테 그랬잖아. 왜 소망이랑 같이 안 있었냐고. 소망이랑 같이 있으라고 했는데 왜 혼자 있게 했냐고. 엄마, 내가 소망이를 쫓아내서 소망이가 죽은 거야.”

흐흐흑. 엄마가 울기 시작했다.

“내가 잘못했어. 소망이랑 같이 있으라고 했는데, 가라고 해서.”

나도 눈물이 났다. 엄마가 자리에서 벌떡 일어나 나에게 왔다. 그리고 나를 안아 주었다.

“너는 잘못한 게 하나도 없어. 네가 잘못한 게 아냐.”

케이크에 꽂힌 초가 녹아서 케이크가 색색으로 물들었다. 나는 눈물을 닦고 후후 불어서 초를 꺼 버렸다. 와중에 소원을 비는 것도 잊지 않았다.

'소망아, 네가 그곳에서 행복하면 좋겠어.'

요 며칠 사이 소망이에게 마음속으로 말을 거는 게 습관이 된 것 같았다.

아빠가 가게로 내려가고 나서 엄마가 코코아를 타 주었다. 소망이가 죽은 이후로 엄마가 나에게 코코아를 타 준 건 처음이었다. 소망이가 죽기 전의 나는 분명 코코아를 좋아했다. 막이 생길 정도로 뜨겁게 데운 우유에 코코아 가루를 듬뿍 넣어 마시곤 했다. 문득 엄마의 시간은 그때에 멈춰 있다는 생각이 들었다.

"엄마가 생각을 많이 했어. 네가 무엇 때문에 힘들어 했는지."

엄마는 컵에서 페퍼민트 티백을 꺼내면서 말했다.

"상담을 받았어. 소망이 사고 이후로 가끔 만나는 상담 선생님이 있거든."

엄마가 소망이의 이름을 불렀다는 것에 한 번 놀랐고, 약 먹는 것 외에 상담도 받았다는 것에 두 번 놀랐다. 몰랐던 일이었다.

"처음에 네 동생이 생겼을 때 말이야. 엄마는 너무 놀랐어. 예상 못 한 시기였거든. 엄마는 진급을 앞두고 있었는데, 그게 출산 시기랑 맞아떨어졌어. 그때는 그게 너무 큰 포기처럼 느껴졌어. 그래도 너희가 좀 더 크면 다 괜찮아질 거라고 생각했어. 너희도 스스로 할 수 있는 게 많아지고, 나도 회사에 계속 다니고, 그렇게 살거라고 믿었어. 그게 한순간에 무너질 거라고는 생각도 못 했어. 내가 너무 욕심을 부린 걸까, 엄마인 내가 옆에 있었더라면 그런 사고는 나지 않았겠지, 그 생각만 머리를 맴돌았어. 사실은 지금도 그래."

나는 잠자코 들었다. 엄마가 자기 마음을 이야기하는 건 흔치 않은 일이니까.

"그래서 그랬어. 희망아, 나는 내 탓을 하느라 네가 그런 생각을 하는지도 몰랐어. 심지어 널 탓하는 말을 했다는 것도 잊고 있었어."

"몰랐다고?"

"잊고 있었어. 삼촌하고 얘기를 하면서 알았어. 엄마가 이해하지 못하는 네 마음을 삼촌이 더 잘 이해하고 있더라고."

엄마가 내 손을 꽉 잡았다.

"그건 네 잘못이 아니야. 너도 그때는 아이였어. 아이는 그런 의무감을 가지면 안 돼."

엄마의 말을 이해하려고 노력했다. 엄마가 아예 기억을 못 한다는 건, 생각해 보지 않았다. 나는 겨우 고개를 끄덕이고는 코코아를 마셨다. 혀가 아릴 정도로 달콤했다.

"엄마는 다시 일하기로 했어."

"무슨 일?"

"예전에 같이 일하던 분이 새로운 회사를 차렸다고 해서 지난 주에 면접 보고 왔어."

나는 엄마가 다시 일을 한다는 게 믿기지 않았다.

"희망아, 너도 하고 싶은 일을 해. 그래야 후회하지 않을 수 있어. 엄마도 이제 그럴 거야. 자신을 괴롭히지 않을 거야."

'소망아, 엄마도 갑자기 달라졌어. 네가 무슨 마법이라도 부렸니?'

나는 습관처럼 또 소망이에게 마음속으로 말을 걸었다.

이제 D의 종말에 대해서 이야기할 때가 되었다.

D와의 여행은 홈을 떠난 지 백 일이 되는 날 끝이 났다. D의 아지트와 꼭 닮은 그 시골집에서 열흘째 묵는 날이었다. 그 집에 열흘 씩이나 묵은 이유는 정원의 벚꽃과 목련에 마음을 빼앗겼기 때문이다. 종말 전에는 꽃에 관심을 가진 적이 없었다. 하지만 그때 본 꽃은 너무 반갑고 아름다워서 소리를 지르고 말았다. 긴 겨울이 끝났고, 공기는 따뜻해졌다. 언제 종말이 올지 몰라서 늘 불안했지만, 그 집에서 보낸 시간만큼은 희망에 부풀어 있었다.

우리는 근처 허름한 슈퍼에서 가져온 과자와 파인애플 통조림을 먹었다. 같은 걸 연속으로 먹어서 지겨웠지만, 곧 방울토마토가 익을 것이라는 기대로 참을 수 있었다. D의 방울토마토가 붉은빛을 띠고 여물고 있었기 때문이다.

　날씨가 유난히 좋았던 그날, 나는 폴라로이드 카메라로 찍은 사진들을 정리하고 있었다. D가 글로 기록을 한다면 나는 사진으로 기록을 남겼다. 여행 중에 찍은 거리와 건물, 자연, 사람이 살았던 흔적을 찍어서 짧게 메모를 했다. 사진 속에 등장하는 사람은 딱 한 명, D뿐이었다.

　"방울토마토가 익었어!"

　D의 목소리를 들은 나는 정원으로 나갔다. 방울토마토 나무를 보며 웃고 있는 D가 보여 나는 습관적으로 폴라로이드 카메라를 들어 D를 찍었다.

　방울토마토는 새빨간 빛깔로 먹음직스럽게 익어 있었다. 내 입에도 침이 고였다.

　"빨리 먹어 보자."

　"아까운데."

　"또 기르면 되지. 네가 안 하면 내가 딴다?"

　내 재촉에 D가 조심스럽게 토마토에 손을 가져다 댄 순간이었다. D가 동작을 멈췄다. 나는 D를 보았다. D가 흐려졌다. 기대감에 가득 찬 모습 그대로 깜빡깜빡. 나는 D를 붙잡았다. 아니, 붙잡으려고 했다. 하지만 이미 흐려지기 시작한 D를 만질 수는 없었다. D가 공기처럼 내 손가락 사이로 빠져나갔다. 또 한 번 깜빡깜빡, 순식간에 흐려진 D는 그렇게 사라져 버렸다.

정신을 차렸을 때는 혼자 남아 있었다.

나는 울지 않으려고 애썼다. 눈물이 종말을 막는다는 걸 알고 있었기 때문이다. 내가 살아남은 건, 어쩌면 너무 많이 울었기 때문이라는 생각이 들었다. 눈물을 참고 또 참았다.

일주일을 울지 않고 버텼다.

그래도 종말 하지 않았다.

일주일이 지나자 배가 고팠고, 그동안 제대로 먹은 게 없다는 걸 깨달았다. 집 밖으로 기어 나가는데 첫 번째 종말 때도 배가 고파서 밖으로 나갔었다는 게 문득 생각났다. 정원에 놓인 방울토마토가 눈에 들어왔다. 익을 대로 익어서 터질 것 같은 방울토마토 다섯 알을 나는 허겁지겁 따 먹었다. 달고 맛있었다. 통조림을 제외하고는 두 번째 종말 이후 처음으로 먹는 과일이었다.

잎만 남은 방울토마토 나무 앞에서 실컷 울었다. 진이 다 빠질 때까지 울었다. 그 다음에는 차에 기름을 채워 넣고 떠났다.

나는 여기저기 정해 두지 않고 돌아다녔다. 아무 데서나 자고 아무거나 먹었다. 누군가 만날 수 있기를 바랐지만, 한 사람도 만나지 못했다. 어쩌면 이 세상에는 이제 나 혼자 남았을지도 모른다는 생각이 들었다.

D와의 약속을 지키지 못할 것 같았다. 죽은 뒤의 세상을 생각하기에는 지금 당장의 외로움이 너무 컸다. 그래, 죽자. 죽으면 끝난다. 죽기로 마음을 먹자 편안해졌다. 어디서, 어떻게 죽을지 고민하기도 전에 나는 홈으로 향하고 있었다.

홈에 도착하면 노트를 집에 두고 아파트 옥상으로 올라갈 것이다. 종말이 찾아오지 않는다면, 스스로 종말 속으로 걸어 들어가면 된다. 그러니까 만약 누군가 이 노트를 발견했을 때는 나는 이미 이 세상에 존재하지 않을 것이다.

D는 자신이 상상했던 그 세계로 넘어갔을까.

'종말을 통해서가 아니라 스스로 죽음을 택하면, 우리는 같은 세계에서 만나지 못할 수도 있어.'

D의 그 말 때문에 나는 죽지 않고 지금까지 버텼다.

마지막이니까 고백을 하자면, 사실 나는 D를 좋아했다. 오해 마시길. D와 사귀고 싶다기보다는, 일종의 소울메이트라고 느꼈다. D와 만나 홈에 가던 날부터 그랬다.

이런 선택을 하고 싶지는 않았다. 하지만 아무리 간절히 빌어도 나에게는 종말이 찾아오지 않았고, 더 이상은 버틸 재량이 없다. 너무 외롭다. 너무너무 외롭다. 더 이상 버틸 수 없을 만큼.

그러니까 D, 부디 약속을 지키지 못한 나를 용서해 줘.

34

—DforHope: 완결 축하드립니다. 완결 맞죠?

—idolcare: D 살려내ㅠㅠ

"그래서 죽었다는 거야, 안 죽었다는 거야?"

"이런 걸 열린 결말이라고 하지."

소설 결말을 두고 지수는 비난을 퍼부었다. 그러면서도 글에 '좋아요'를 눌러 주었다. 나는 불만이 가득한 지수의 얼굴을 보았다. 저절로 노래가 흥얼거려졌다.

"너 지금 부르는 거, 우리 오빠들 노래 아니야?"

지수가 말하고 나서야 내가 지수가 좋아하는 그룹의 노래를 부르고 있다는 사실을 깨달았다. 얼마 전 지수와 팬 미팅을 다녀왔기 때문이다. 자신은 아직 화가 풀린 게 아니고 팬 미팅까지 가야 사과로 인정하겠다는 지수의 말에 어쩔 수 없이 끌려서 다녀온 거였다. 하지만 의외로 팬 미팅은 재밌었다. 지치지도 않는지 노래를 따라 부르고 사랑한다고 무대를 향해 소리치는 팬들을 보는 것도 신기했다.

"그렇게 관심 없는 척하더니."

지수는 내심 기뻐했다. 현실 친구가 덕질메이트가 되는 경우는 흔치 않다나 뭐라나.

도하는 소설 완결 기념으로 맛있는 걸 먹자고 했다. 우리는 최애 음식인 돈가스를 먹고 후식으로 아이스크림까지 먹은 다음 해가 질 때까지 공원 산책을 했다.

도하가 물었다.

"그런데 주인공 말이야. 넌 살아 있다고 생각해?"

도하는 꽤 진지하게 물었다. 그래서 나도 진지하게 답했다.

"작가한테 그런 거 묻는 건 예의가 아니야. 해석은 독자의 몫이라고."

"살아 있었으면 좋겠어."

"그럼 그렇게 생각해. 열린 결말이잖아."

"그래. 그럼 H는 살아 있어."

나는 웃음이 터졌다. 별로 웃기지 않은 말인데, 계속 웃음이 나왔다. 내가 웃으니까 도하가 따라 웃기 시작했고, 그렇게 우리는 옆구리가 당길 때까지 웃다가 겨우 멈췄다.

"다음 소설은 언제쯤 쓸 거야?"

"잘 모르겠어. 당장은 쓰고 싶은 게 없어."

정말 그랬다. 특히 종말에 대한 소설이라면 좀 질려 버린 느낌이었다. 너무 많이 죽인 것 같다는 생각이 드는 참이었다.

나는 고개를 들어 달을 바라봤다. 얇은 달이었다. 곧 '삭'이 오겠지. 삭은 잠깐 동안 달이 사라지는 시간이다. 하지만 달은 짧은 종말을 경험한 뒤, 다시 나타날 것이다.

"다음에는 사람이 살아남는 소설로 써 주면 안 될까?"

"내 소설은 다 죽는 게 매력인데."

"그냥, 새로운 걸 해 보는 것도 괜찮잖아."

나는 대답하지는 않았지만, 마음속으로 동의했다. 새로운 걸 써 보는 것도 괜찮을 것 같다고.

여름의 막바지, 우리 집에는 몇 가지 변화가 일어났다.

엄마는 출근하기 시작했다. 자산 관리 앱을 만드는 스타트업이라는데 설명을 들어도 이해가 잘 안 되는 회사였다. 엄마는 바쁘고 피곤해 보였지만, 어딘가 에너지가 느껴졌다. 일을 시작한 뒤로 아직까지는 식탁에 약봉지도 보이지 않았다.

할머니는 새벽 기도를 다니기 시작했다. 자리에서 털고 일어난 뒤에는 교회 모임에도 빠지지 않았다. 할머니는 앞으로도 자신만의 방법으로 삼촌을 위해 기도할 것이다.

삼촌은 해외 취업을 거절하고 국내에서 재취업에 성공했다. 그뿐 아니라, 삼촌에게서 새로운 기운이 감지됐다.

"삼촌, 요새 누구 만나지?"

"응. 사실 너도 본 적 있는 사람인데……."

"설마 바닥? 하, 좀 날라리 같던데."

"뭘 안다고 날라리래."

"어휴, 연애라고는 하나도 안 하는 줄 알았더니 엄청 잘하고 있었잖아?"

삼촌이 진심으로 웃긴 듯 으, 하, 하, 하, 하고 웃었다. 이 웃음소리가 그리웠다.

취업이 결정되자마자 삼촌은 이사를 했다. 표면적인 이유는 새로 출근하는 회사가 집과는 멀다는 것이었다. 서울 근교의 IT회사들이 많이 모인 곳이라고 했다. 하지만 다른 이유도 있는 것 같았다. 삼촌은 가족과의 거리가 필요한 것이다. 삼촌이 이해되면서도 나와 멀어지는 것 같아 섭섭하기도 했다. 내 기분을 알아챈 듯 삼촌은 나에게 근사한 선물을 주었다. 바로 서재였다.

이삿짐 차 앞에 서서 삼촌은 말했다.

"희망아, 네가 내 서재에 와 줬을 때, 삼촌은 무척 기뻤어."

삼촌은 내 머리를 손으로 쓰다듬었다. 문득 처음 서재로 숨어들었던 어린아이가 된 것 같았다.

"서재는 이제 네 거야. 네가 서재를 가장 사랑하는 사람이니까."

"고마워, 삼촌."

"책들이 가끔 지저분할 수도 있어. 너도 알다시피 난 메모를 좋아하니까. 그게 네 독서를 방해하지 않았으면 좋겠어."

"내가 메모를 훔쳐보는 걸 알고 있었어?"

"그럼. 그래도 희망이 너니까 괜찮아. 소중한 사람한테는 속마음을 들키는 게 창피하지 않거든."

"정말로 고마워, 삼촌."

"누가 뭐래도 너는 내 희망이야. 알지? 삼촌이 데이트 신청하면 앞으로도 받아 줄 거지?"

"알았으니까 빨리 좀 가."

나는 괜히 삼촌을 차 안으로 떠밀었다.

삼촌 차가 출발하기 직전에 할머니가 가게 밖으로 나왔다. 할머니는 조수석으로 검은 비닐봉지를 툭 던졌다.

"옥수수다. 밥 굶고 다니지 말그래이."

삼촌이 웃으면서 걱정 마세요, 하고 말했다. 바람이 살랑 불었다. 여름의 것과는 다른 서늘한 기운을 담은 바람이 불었다. 곧 가을이 올 것 같았다.

며칠 뒤, 아빠가 서재의 책장을 원래 있던 우리 집 쪽방으로 옮겨 줬다. 서재에 앉아서 며칠 전부터 해 보고 싶던 걸 했다. 유서 쓰기였다.

흰 종이 위에 유서, 라고 썼을 뿐인데도 마음이 무거워졌다. 하지만 일단 써 내려가자 하고 싶은 말이 쉬지 않고 떠올랐다. 한 문장씩 쓸 때마다 몸이 가벼워지는 기분이었다. 그리고 마지막 줄까지 쓰고 나니 삼촌이 왜 나에게 유서를 쓰라고 했는지 알 것 같았다.

나는 내가 죽음과 종말에만 관심이 많다고 생각했다. 하지만 죽음에 대한 생각은 곧 삶에 대한 생각이기도 하다는 걸 모르고 있었다. 결국 나는 줄곧 삶에 대해 생각하고 있던 것이다. 죽음이 찾아오기 전까지 계속 살아가야 하는, 삶에 대해서 말이다.

유서

제 이름은 희망이지만, 그리 희망으로 가득 찬 삶을 살지는 않았습니다. 인기도 없는 종말에 대한 소설을 몇 개 썼고, 여전히 언젠가는 종말이 올 거라고 믿어 의심치 않습니다. 종말이 찾아온다면, 제 유서를 읽을 사람도 남아 있지 않겠죠.

이 유서는 그러니까, 종말이 찾아오기 전에 제가 죽었을 경우를 대비한 것입니다.

제 인생에 희망이 가득했던 건 아니지만, 그렇다고 마냥 별로였던 것도 아니었습니다. 우선 저에게는 좋은 친구(이자 소울메이트)가 두 명 있습니다. 한 명은 도하, 한 명은 지수입니다. 그 아이들에게 고맙다고 말하고 싶습니다. 무뚝뚝해서 말로 한 적은 없지만요.

그리고 가족들에게도 사랑한다고 말하고 싶습니다.

엄마 아빠, 나름의 방식으로 최선을 다하셨을 거라고 생각해요. 다음 세상에서 만나게 된다면 그때는 더 잘 지내고 싶어요.

할머니, 할머니는 제가 아는 가장 강한 사람이에요. 어릴 때 제가 가게 한 귀퉁이에서 숙제를 하고 있으면, 손님들이 말을 걸어 오곤 할 때가 있었어요. 네가 이 집 손녀구나. 근데 너 동생은 없니? 너 혼자니? 제가 있다고 해야 할지, 없다고 해야 할지, 있었는데 없어졌다고 해야 할지 고민이 되어 머뭇거리면 할머니가 대뜸 오셔서 대답을 채가곤 했지요. '없긴 왜 없어. 여기 없을 뿐이지' 할 때도 있고, '어느 시댄데 동생 타령이야. 똘똘한 손주 하나면 족하지' 할 때도 있었어요. 지금 생각해도 통쾌한 순간이었어요.

마지막으로 삼촌, 삼촌은 내가 아는 가장 용감한 어른이에요. 삼촌이 무대에 있던 그 순간을 생각하면 여전히 마음속에서 고요한 희망이 피어오르는 느낌이에요. 내가 신이라면 삼촌 같은 인간을 아주 많이 만들 거예요. 그러면 세상은 더 아름다워지겠지요.

죽는 건 슬프지만 딱 하나 기대가 되는 부분이 있습니다.

저세상으로 가면 소망이를 만날 수 있을 테니 무섭지만은 않아요. 사실, 우리 모두 언젠가는 죽는 거잖아요. 종말이라는 건 누구나 피할 수 없잖아요. 그러니까 종말이 올 때까지 너무 두려워하지 말아요.

그때까지 우리는 살아 있는 거니까요.

번외편

H 누나를 만난 건, 종말이 찾아온 지 일 년이 지난 어느 날이었어요.

종말이 온 건 제가 초등학교 육 학년 때였어요. 주말이었는데, 친구들하고 만나서 축구를 하기로 했었어요. 사실 그날 제가 몸이 좀 좋지 않았어요. 원래 축구를 못하는 건 아닌데, 자꾸 패스가 엇나갔어요. 근데 친구 중에 한 명이 계속 '너 일부러 그랬지?' 그러면서 저한테 화를 내는 거예요. 그러다가 친구가 축구공을 찼는데 제 머리에 맞았어요. 울고 싶지 않은데 눈물이 찔끔 났어요. 자존심도 상하고, 다 망해 버렸으면 좋겠다고 생각했어요. 그런데 그때, 그 친구가 사라지기 시작한 거예요.

처음에는 종말이 내가 세상이 망했으면 좋겠다고 생각해서 일어난 줄 알았어요. 어떻게 해야 할지 몰라서 여기저기 떠돌며 살아가다가 우연히 홈에 사는 형을 만나서 함께 살게 되었어요. 그나마 다행이었죠.

홈의 형과 누나들에게 많은 이야기를 들었어요. 다시 종말이 시작되었다는 걸 알게 됐을 때에는 너무 무서웠어요. 제발 홈의 형, 누나들하고 살아갈 수 있게 해 달라고 기도했어요. 하지만 결국 한 명, 두 명 사라지기 시작했어요. 점점 더 종말이 빨리 오는 것 같았고, 마지막 한 명의 형이 남았을 때는 겁이 나서 매일 울었어요. 하지만 결국, 저는 혼자가 되었죠.

무서워서 아파트 옥상으로 갔어요. 소리를 지르려고 했어요. '누구 없어요!' 하고 외치다 보면 누군가 듣지 않을까 싶었어요. 그런데 거기에

218

사람이 있었으니 제가 얼마나 놀랐겠어요? 그것도 건물에서 떨어지려고 난간에 올라선 사람이요. 그게 바로 H 누나였어요.

H 누나는 종말 이후에 살아온 이야기를 해 줬어요. 그래서 알게 되었죠. 누나도 한때 홈에 있었다는 것, 이곳저곳을 여행했지만 결국 세상에 혼자 남았다는 생각에 죽으려고 했다는 것을.

누나가 온 뒤로 제 생활은 많이 바뀌었어요. 누나가 많은 걸 가르쳐주었든요. 운전하는 법, 차에 기름 넣는 법, 문 따는 법, 겨울을 따뜻하게 보내는 법, 그리고 식물을 기르는 법도 가르쳐 주었어요. 누가 먼저 종말할지 모르니까 잘 배워 놓으라고 했어요.

'누나가 죽으면 나도 따라 죽지 뭐.'

제가 이렇게 말했을 때 누나는 화를 냈어요. 자기도 죽으려고 했으면서 나한테는 왜 그랬는지 알 수 없어요.

누나는 제가 동생을 닮았다고 했어요. 누나의 동생 사진을 보니까 얼굴은 제가 좀 나은 것 같긴 한데……. 누나가 그렇게 믿고 싶어 하는 것 같아서 별말은 안 했어요.

어쨌든 누나가 온 뒤로 저는 버틸 만해졌어요. 사실, 저는 종말에 제 탓이 있다고 생각했거든요. 친구들을 미워하고 세상이 망했으면 좋겠다고 생각했으니까요. 누나는 내 말을 듣더니 말도 안 된다고 했어요. 누나도 매일같이 세상이 망했으면 좋겠다고 생각했다면서, 종말이 일어난 원인은 외계인 때문이라는 둥 인류가 다른 행성으로 옮겨지고 있는 거라는 둥 알 수 없는 소리를 해 댔어요. 어쨌든 결론은 절대 자살은 하지 말라는 거였죠.

누나가 마지막으로 저한테 당부한 게 또 있어요. 바로 기록을 잘 남기라는 거였어요. 어쩌면 우리가 남긴 것들은 지구의 마지막 인류가 남긴 기록이 될 수도 있다면서요. D라는 형이 쓰던 노트는 제가 이어서 쓰고 있어요. 별건 없고, 그냥 누나한테 편지를 쓴다는 생각으로 아무거나 끄적거려요. 누나의 폴라로이드 카메라로 여기저기 사진도 찍고요.

아, 누나요? 홈으로 돌아온 지 삼 개월쯤 지났을 때 종말 했어요. 화분에 물을 주다가 애벌레를 발견하고 신기한지 자세히 들여다보는 모습으로요. 종말을 했으니, 누나는 보고 싶어 하던 사람들하고 같이 있겠지요? 저도 그러고 싶어요. 그러니까 제 이야기를 듣는 누군가가 있다면, 외계인이든 신이든 저도 빨리 그 세계로 가게 해 주세요. 제발요.

작가의 말

처음 유서를 썼을 때가 떠오른다. 딱 소설 속 희망의 나이인 열다섯 살 때였다. 그때의 나는 빨리 어른이 되어 작가가 되겠다는 꿈을 불태우던 중학생이었다. 죽고 싶은 마음 같은 건 없었다. 특별한 계기가 있었던 것도 아니다. 어느 순간 유서를 써야겠다, 그렇게 마음먹었을 뿐이다.

이후로도 종종 유서를 썼다. 작가로 데뷔하던 해에도, 사랑하는 사람을 만난 해에도 유서를 썼다. 때로는 걷잡을 수 없이 유서를 써야겠다는 마음이 솟구치기도 했다. 써 내려가는 동안에는 웃기도 하고 울기도 했다. '내가 왜 이런 걸 쓰고 있지?' '난 좀 이상한 사람인가?' 하는 생각이 들기도 했다.

그러다 우연한 기회에 '웰다잉(Well-dying) 프로그램'에 대해서 알게 되었다. 유서를 써 본다거나 관 속에 직접 들어가 보는 체험인데, 당시 내가 속해 있던 시민 단체에서 꽤 인기가 많은 프로그램이었다. 처음에는 생소했지만, 프로그램의 취지가 '죽음에 대한

인식을 통한 삶의 의미 찾기'라는 걸 듣고 조금은 안심했던 것 같
다. '아, 내가 이상한 사람이 아니었구나' 하고.

지금은 왜 내가 유서를 써야만 했는지 알고 있다. 그때의 나는
삶이 너무 소중했기 때문이다. 삶이 언제든 끝날 수 있다는 막연
한 공포에 짓눌리는 대신, 죽음을 똑바로 바라보기 위해 무의식적
으로 노력했던 것이다. 실제로 죽음을 생각하며 유서를 쓸 때마다
나는 삶에 더 집중할 수 있었고, 당장 해야 할 것들을 선명하게 보
게 되었다.

"비록 내일 지구의 종말이 온다 하더라도 나는 오늘 한 그루의
사과나무를 심겠다."

철학자 스피노자의 말(마르틴 루터가 한 말이라는 주장도 있다.)을
처음 들었을 때, 나는 코웃음을 쳤다. 내일 종말이 온다면 좀 더 즐

거운 일을 해야 하지 않을까, 하고 생각했던 것 같다. 지금은 그 말
에 담긴 뜻을 이해한다. 한계가 눈에 보이더라도 지금 할 수 있는
일을 하려고 노력하는 사람의 모습은 아름답고 감동적이다.

소설 속 희망과 요한도 종말 앞에서 사과나무를 심는 사람들이
다. 두 사람은 지금 할 수 있는 일을 해 나간다. 이 책을 읽는 독자
들도 자신이 속한 유한한 삶을 소중히 하면 좋겠다. 하루하루를
찬란하게 만들어 갔으면 좋겠다. 나 역시 사과나무를 심는 마음
으로 앞으로도 글을 써 나가고 싶다.

고마운 사람들이 많다. 희망에게 요한 삼촌이라는 버팀목이 있
었듯이, 요한 삼촌에게 희망이가 이름처럼 희망이 되어 주었듯이,
나 역시 가족과 친구들 덕분에 살아가고 있다. 이름을 일일이 열
거하고 싶지만, 여기에 적는 대신 찾아가 책을 전하겠다. 다만 한
사람, 나의 짝꿍 박태준 씨에게는 특별한 사랑과 감사를 전한다.
그에게 내가 쓴 몇 장의 유서가 효력을 발휘하는 날까지 곁에 있

어 달라고 말하고 싶다. 마지막으로 책이 무사히 나올 수 있도록
애써 준 자음과모음 편집자분들께 고마운 마음을 전한다.

  이제, 다음 사과나무를 심으러 갈 시간이다.

2022년 7월

김지숙

종말주의자 고희망

© 김지숙, 2022

초판 1쇄 발행일 | 2022년 8월 10일
초판 2쇄 발행일 | 2023년 1월 30일

지은이 | 김지숙
펴낸이 | 정은영
편 집 | 최수인 문진아 조현진
마케팅 | 유정래 한정우 전강산
제 작 | 홍동근

펴낸곳 | (주)자음과모음
출판등록 | 2001년 11월 28일 제2001-000259호
주 소 | 10881 경기도 파주시 회동길 325-20
전 화 | 편집부 (02)324-2347, 경영지원부 (02)325-6047
팩 스 | 편집부 (02)324-2348, 경영지원부 (02)2648-1311
이메일 | jamoteen@jamobook.com
블로그 | blog.naver.com/jamogenius

ISBN 978-89-544-4843-7 (43810)